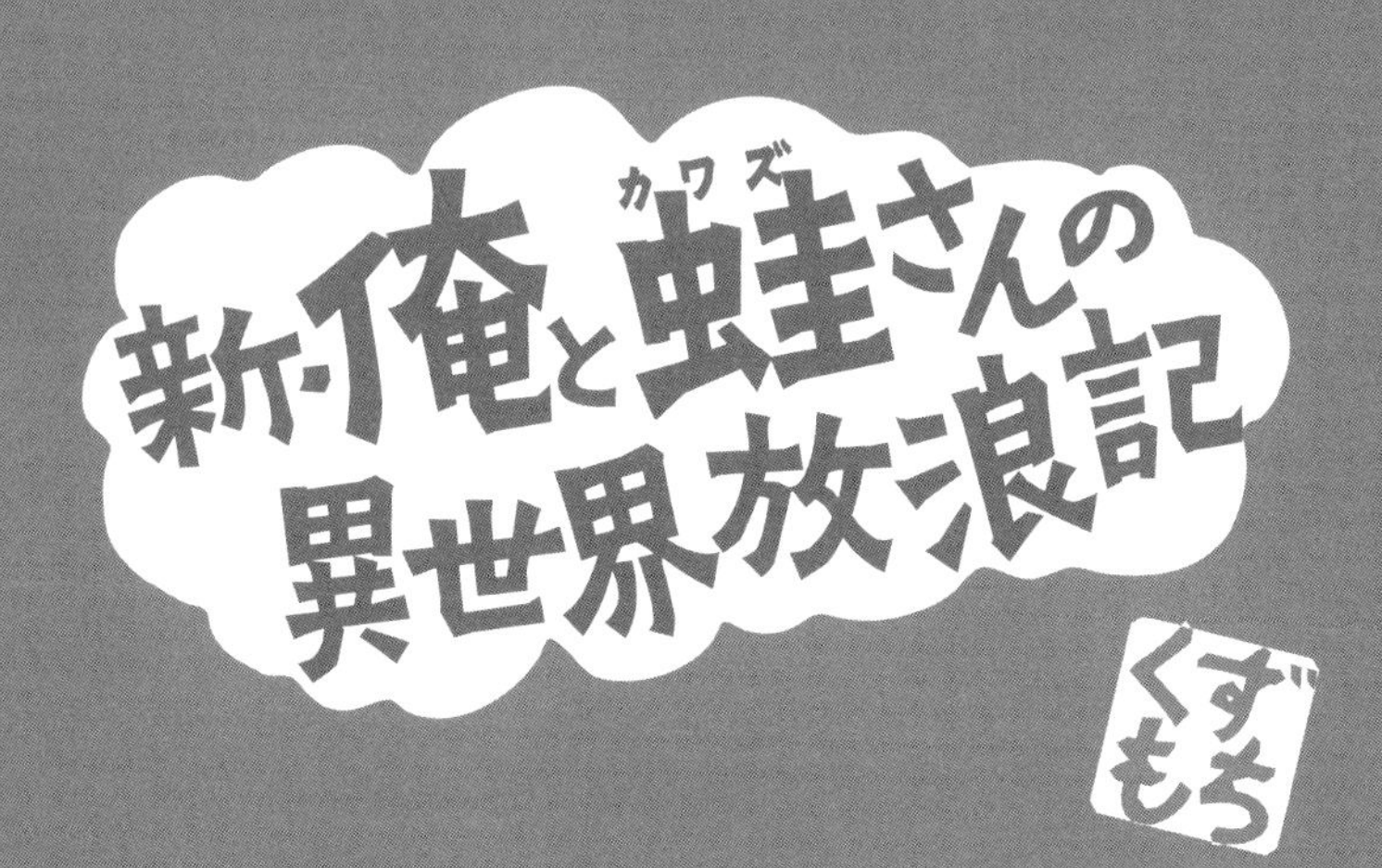
新・俺と蛙さんの異世界放浪記
カワズ
くずもち

主な登場人物
タロリオン
太郎が造った巨大ロボ。
コンセプトは
「昭和ロボよ永遠に」。
聖剣エーリュシオン
たまにしゃべるかっこいい聖剣。
無限にカニカマを出せる。
カニカマ君
異世界から召喚された
中学生勇者。とある事件が
きっかけでこのあだ名に。
ミケさん
猫の村に住む
猫獣人のおっさん。
ギャンブル好き。

キング
魔法国家ガーランドを治める偉い王様。実は双子。無類のロボ好き。
紅野太郎（こうのたろう）
本作の主人公。カワズさんによって異世界へと召喚された。魔力は800万1000。
カワズさん
自身の命と引き換えに太郎を召喚した魔法使い（500歳）。太郎によってカエルの姿で蘇生させられる。
天宮マガリ（あまみや）
あだ名はセーラー戦士。太郎のおかげで地球と異世界を行き来できるようになった。

プロローグ

その世界には、不思議な力を操る者たちが存在していた。
彼らは身体の中を満たす魔力を使い、様々な現象を引き起こすことができた。
炎を操り、すべてを焼き尽くし。
水を操り、すべてを潤し。
風を操り、すべてを切り裂き。
大地を操り、すべてを包み込む。
生きとし生けるものの精神すら操るそれは、まさに奇跡の力。
それを、人は魔法と呼ぶ。
そしてその魔法を誰より自在に操り、誰より探究する者を、畏敬の念を込めて――。

――魔法使いと呼んだ。

これから始まる話は、ある魔法使いにまつわる物語である。

物語ではあるが……。

彼は、少し変わった魔法使いである。

そのことは、まず言っておかねばならないだろう。

1

俺、紅野太郎は魔法使いである。

黒髪黒目の日本人、ジーンズと黒いシャツはトレードマーク。……として定着しているのかどうなのかは微妙である。

そう、俺はここことは別の世界からやってきた異世界人だ。

こっちに来た当初は苦労があったものの、今はそれなりに楽しみながら魔法使いをやっている。

そんなこんなで俺は、今日もマントに身を包み、この世界をふらふらと旅していた。

「あーいやよかったよかった、無事に話がまとまって……」

本日の成果に、ほっと胸をなで下ろす俺。

というのも、魔法で作り出したパソコンを一台配ることを今日のノルマとして課していたからだ。

パソコンの普及活動はもうずいぶん続けていて、異世界なのにすでにネットワークが機能しているくらいには広まってきた。

地道な活動の成果が出てきたことは、素直にうれしい。

だがそれはそれとして、見知らぬ村にパソコンを持って行けば、当たり前のように歓迎されるわけはない。

謎の魔法使いが、怪しい箱を持ってきているのである。

怪しさがより増すだけだ。

今日も今日とて、俺の魔法で願いを一つ叶えてあげるという荒業を使って、無理やりパソコンを受け取ってもらったというわけだった。

「いやー、もうホント、魔法がないとどうしようもないだろう、これ」

どんな無理難題のお願いをされるのかは運しだい。

無理難題と言っても、今のところまだ常識の範囲内で収まっている。とはいえ、こんなやり方を続けていれば、そのうちとんでもないことを願われたりしそうである。


というわけで――。

結構な緊張感から解放された俺は、今ちょっと休憩中である。

俺は特に何をするでもなく、街道をぼんやりと歩いていた。

なんだかんだで好きでやっている旅である。別に急ぐ理由なんてありはしない。

だけど、だらだらと隙だらけで歩く俺の姿は、いかにも弱そうに見えたのだろう。そういう隙が思ってもみないトラブルを招き入れてしまったようだ。

「うげ……。マジか？」

陥ったその状況に、俺は思わず顔を顰（しか）める。

「へっへっへ。兄ちゃん。わりぃが身ぐるみ全部置いてってもらうぜ？」

「素直に渡すなら命までは取らねぇでおいてやるぜ？」

「ひゃっほー！　しばらくぶりの獲物だぜ？　げへへへへ！」

げへへへ！　なんて笑い方、初めて生で聞いたよ。

初の強盗体験は、むしろ新鮮な驚きがあった。

「……あーっとその、暴力反対」

そう言いながら、さて、どうしたものかと俺は頭をひねった。

強盗の数は三人。

武器こそ持っているが、どれも刃こぼれしていて、とても強そうには見えない。

その他の装備もぐちゃぐちゃで、拾ったものを無理やり組み合わせたらあんなふうになるのだろうという感じである。

とりあえず俺も腰の剣を抜いてみたが、別にやっつけてやろうとか、そういうわけじゃない。

単純に何か持っていると安心する、物が飛んできたから反射的に手を前に出してしまった、そんな反応に過ぎなかった。

「……あっ、しまった」

あらかじめ剣にかけられていた魔法は、そんなことでもきっちりと発動してしまうのである。

シャキンと剣が抜かれた瞬間、俺の身体は勝手に動き出す。

何とも気持ちの悪い人間離れした動きでカクカクと、しかし目にも留まらぬ速度で、俺は強盗たちの間をすり抜けた。

「……はっ！　やっちまった！」

気がついたときにはもう遅い。

剣の魔法は、情け容赦なくその効果を発揮していた。

このときかけられていた魔法その一。

敵に最短の動きで、自動で斬りつける魔法。

「……ぐふぁぁ！」

「……なんだとぅぅぅ！」

「……あんな弱そうな奴にぃぃぃ」

とにかくリアクションのいい強盗たちに脱帽である。

もちろん普通の剣で斬りつけたりすれば、本当なら凄惨(せいさん)な光景になっていたはずだが、そんなことにはならないので安心してほしい。

「ぐおおお！　身体が動かねぇ！」

「どうなってやがるんだ！　指すら動かねぇ！」

「……ちょっと気持ちいい」

彼らは傷一つ負っていないが、しびれて動けないのだ。

三人が三人とも、地面に転がりピクピクしている。うち一人は恍惚の表情を浮かべているが。

剣の魔法その二。

斬っても傷つけず、麻痺させる魔法。

ちなみに痺れさせるのは、あくまで武器としての体裁を保つためだけに付加された、申し訳程度の機能。

そして極めつけが、その三だった。

「うわぁ……、なんかゴメン」

これは自分で剣にかけておいてなんだが、申し訳なさでいっぱいになった。

斬られたら笑顔になる魔法。

三人の周囲には、何とも和やかな光がほわほわと浮かんでいた。

今にも「ほわわ～ん」とでも聞こえてきそうなそんな光の中、彼らは皆一様に笑顔なのだ。

髭面の男たちがそろって地面に倒れ伏し、幸せそうな笑顔。

それは、絶望的に悪夢な光景だった。

「……やっぱこれはないかもしれない」

俺は愉快とはほど遠い気持ちになりながら、その場から逃亡した。

彼、紅野太郎はこの世界で起きるおおよその騒ぎの中心にいる人物である。

本人のミョンミョンと元気に動く頭のてっぺんの毛同様、訳がわからない存在と成り果てているが、人は彼のことを魔法使いと呼ぶ。

ただ彼は、魔法といえば定番であるはずの、火の魔法も水の魔法も滅多に使わない。

そんな者は魔法使いではない。そう言われてもおかしくはないほど、魔法使いらしさとは無縁なのだ。

しかし、彼こそが真の魔法使いだと、そう主張する者も少なくない。

それほどの規格外。万能の魔法を彼は操る。

その力は、彼が元々この世界の住人ではないという事実に関係している。

近くて遠い、別の世界からやってくる異世界人は稀(まれ)に存在する。

彼の場合は、彼を引きずり込んだ魔法使いがいた。

その魔法使いは正規の手順を踏まず、ただただ自分の魔法を受け継がせるためだけに、太郎を召喚した。

太郎にとっては、いわば諸悪の根源とでも言うべき存在だが……。その魔法使いもまた優秀ではあった。

ローブを着た緑色のでっかい蛙姿のわしは、魔法のアイディアに行き詰まって、何も考えずに部屋の天井を眺めていた。

わしは今「カワズさん」などと呼ばれ親しまれているが、もうすでに長いこと魔法使いをやっていて、結構偉かったりする。

無茶な魔法を使って、完全に死んだはずだったのだが、どういう運命のいたずらか蛙の姿になって生き返っていて、こうやって魔法をいじくり回して研究を続けている。

そんなよくわからない運命を放ってよこしたのは、わしが呼び出した異世界人だった。

その異世界人の小僧、タローにわしが視線を向けると、タローは心底難問に突き当たったという表情で見返してきた。

そして、いつものように馬鹿な発言をし始めたわけだ。

「そういえば結局さ?　カワズさんって何歳なんだろう?」

「は？　だから五百歳だと言ったろうが？」

それは本当に思いつきとしか思えない質問だった。

わしは意図するところがわからずに首をひねって答えたのだが、タローもまた首をひねってそうじゃないと言う。

「それは前世の年齢でしょ？　つまりさ、享年五百歳ってことだろう？」

「……まぁそうじゃな」

「生き返らせたあとも、同じカウントでいいのだろうか？」

「……」

わしは質問のあまりの馬鹿馬鹿しさに、完全に言葉を失っていた。

正直、死ぬほどどうでもいい話である。

しかし、そう言われてみると、ちょっと気になってしまったことも否定すまい。

わしは、確かに五百年生きてきた。

今もその記憶はあるし、五百年来の知り合いもいるのだから間違いない。

しかし、わしは黄泉の国に魂まるごと一度入っている。

奇跡的に生還を果たしたものの、今は蛙の姿……。これって生まれ変わったってことになるんじゃなかろうか？

「……となると、生き返ってから年齢を数え直すのが正しいのか？　しかし髭とか生えとるし、昔の面影もあるからのぅ。この容姿になってるのはわしの魂の影響じゃろう?」

わしは生えている髭を持ち上げてごく当然のように主張したが、なぜかタローは首を横に振った。

「いやいや。魂の影響がないとは言わないけどさ、カワズさんが生き返ったときは、ただのでかい蛙だったよ? 髭とかない、ツルッツルの」

「……嘘じゃろ?」

「ホントだよ」

なかなか衝撃的だった。

震えるわしに、さらにタローは続ける。

「今だから言うけど、髭だってその体形だって、今の見た目になってるのは、どちらかといえば俺のイメージのせいかな?」

「えぇぇぇ、どんなイメージなんじゃよ。蛙の爺さんって……」

「蛙は純粋に生贄のイメージだってば。それに、まぁいろいろくっ付けたことで、今のカワズさんのビジュアルが確立されたわけで」

「もう少しがんばって、元のわしの姿にできんかったもんかのぅ」

「元の姿より蛙のほうが、正直親しみが湧いたからかな?」

「おい」

わしは、タローのあまりの適当さ加減に改めて戦慄した。

わしが目を覚ましたときには、すでにこの格好だったのだ。

髭もあったし、生前の面影が露骨に出ていたので、もう少しマシな理由でこの姿になったと思っていたのだが。

わしはぼそりと呟いた。

「……どうせならもう少しかっこ良くしてくれりゃいいものを」

わしとてそれが無理だったことは重々承知していたが、一応言ってみた。

タローはポリポリと頬を掻きながら主張する。

「そんな余裕がどこにあったと？　俺はあのとき、魔法のど素人もいいところだったんだぞ？」

「そりゃそうじゃけどな」

わしは素直に頷いた。

こいつなら蛙を人間にすることもできたような気もするが……。まぁ、そこまで求めるのは理不尽というものだろう。

そもそも、どこともわからないこの世界に、タローを引きずり込んだのは、わしなのだ。

そのときの魔力の使いすぎで、わしは死んだ。

今のこの姿は機能的に不満はない。生き返っただけでもありえないのに、かっこ良さまで求めては高望みだろう。

自重した結果、わしは口を噤む。

そんなわしをよそに、タローはまたどうでもいい話を掘り下げ始めた。

「で、思うに年齢ってのは、肉体年齢を基準にするもんなんじゃないかなと」

「まだ続けるのかこの話題？　……しかしなぁ。わしの頭の中には現に五百年の蓄積があるわけじゃし」

わしはタローの意見に釈然とせず、物申してやった。

すると今度もやはり思いつきだろうが、タローはわしの年齢問題をはっきりさせる方法を提案してきた。

「それじゃぁ……、魔法を使って調べてみるってのはどうだろうか？」

「む？　そうか。あの魔法なら調べようと思えば調べられるのかの？」

わしたちがよく使っている魔法に、解析魔法というのがある。

この魔法は、対象から情報を引き出せる。

これを使えば、年齢という概念にふさわしい情報をわしの身体から引き出すこともできるかもしれない。

「だろ⁉　気になるよな！」

「いや、そんなに気になりはせんがのぅ」

「よし！　それじゃぁさっそく試してみよう！　そうしよう！」

「おいおい」

タローはわしの意見を聞く気はないらしい。

ほとんど間もおかずに、タローが解析魔法をかけてくる。

結果がどうなろうと特に困ることもない。そう高をくくっていたのだが――。

「ウンブッフ！」

数秒して出てきた結果を見たタローは、鼻水を噴き出した。

「ど、どうしたんじゃ！　何があったんじゃよ!?」

ここまで露骨な反応を見せられれば、わしも気になる。

思わずタローに詰め寄ると、必死に笑いをこらえている。

「い、いや、別に……。ククク」

「絶対なんかあったじゃろ！」

肩を震わせているタローが、いったい何を見たのか？

タローが宙に浮かぶ画面をこっちに投げてよこす。書かれている内容を見て、わしは頬を引きつらせた。

結果発表
↓
カワズさん　年齢三歳

「……さ、三歳⁉」

「よ、よかったね……。ものすごい若返ったみたいで」

「いや！　……そりゃそうなんじゃが！」

どうやら解析結果では、魂よりも肉体年齢が優先されるようだった。

まぁ……、本人たちが楽しそうなので問題ないのだろうが、とにかく魔法使いは魔法にのめり込むあまり、やらかすことがある。

そのやらかしてしまった中には、太郎のように他の世界から無理やり連れてこられてしまったという例も含まれるだろう。

そもそも異世界人は高い魔力を持っており、だからこそ悲劇にも見舞われる。

高い魔力は戦いのために利用されるからだ。

この世界には、魔獣という恐ろしい生き物がいる。そして、その魔獣を操って人間へと差し向ける魔王という存在がいる。

これまで人間たちは、異世界人を召喚することでその脅威(きょうい)に抗(あらが)ってきた。

過去において、魔王を倒した勇者もやはり異世界人だった。新たな魔王が出現するたびに異世界人は召喚され、彼らは勇者として魔王と戦い続けてきたのだ。

とはいえ勇者も人。必ずしも戦いたがる者ばかりではない。

だが、それでも戦い続けざるをえなかった。

異世界から来た人間を送り返すことはできない。知らない世界に放り出された勇者は、戦いから逃れることを許されない運命を背負うのである。

これもまた魔法使いがもたらす業（ごう）の一つだろう。


しかし――。

その呪縛（じゅばく）を打ち壊した異世界人がいる。

彼女は勇者としてこの世界にやってきたが、最後まで望みを捨てずに元の世界に帰る方法を探し続け、それをついに成し遂げた。

皮肉なことに、勇者であるという呪いから逃れたその瞬間こそ、勇者としての輝きを一際放っていたと言えるだろう。

彼女は、金髪碧眼（へきがん）で異界の衣（ころも）をまとった美しい少女だった。

私、天宮マガリは白状する。

今、少し後悔している。

ちょっとした相談をするつもりで話しかけた相手に、こう切り返されたからだ。

「ん？　モデルになりたいのか？　すまないが、正規の手続きを踏んでオーディションを受けてくれないか？　どうしてもと言うのなら、他ならぬそなたほどの逸材だ。妾のコネでねじ込むこともできようが？」

「いえ、そういうことではないんですけど……」

「違うのか？」

妖精郷の女王様は、豊かな緑の髪の奥に見える切れ長の目で威圧してくるけれど、もちろん私はモデルに立候補したいわけじゃない。

この時点で、なんでこの人に相談しようと思ったのか、と自問自答する私がいた。

だがしかし、太郎のことをよく知っていて人生経験が豊富。なおかつ同性の知り合いという条件で思いつくのは女王様しかいなかったのだ。

そう、いなかった。……と思うのだけれど。

私は迷いを振り払いつつ、一応相談事を打ち明けてみた。

「実は……、太郎についてなんですけど。なんとなく最近、変な視線で見てくるなぁと……、思いまして」

私にとっての悩みの種、それは太郎のことだった。

私は彼の計らいで、地球とこの世界を行き来できるようになった。

しかし、それ以来どうにも、太郎との距離の取り方がわからなくなってしまったのだ。そして太郎のほうもこちらを気にしているらしいのをうっすらと感じていた。

私の悩みを聞いた女王様は、ピクリと片眉を上げて席を立った。

「ふぅ……、しばし待て」

「？」

下らない相談で呆れさせてしまったかと不安になったが、そうではなかったらしい。

女王様は、どこからかティーポットとお茶菓子のクッキーを持ってきて、テーブルの上に置いた。

そして両肘をついてドンと構えると、キラリと目を輝かせて冷静な口調で言う。

「ん？　それはまた面白そうな話ではあるな」

「……」

ものすごく食いついた。

私は、女王様のあまりの腰の据え方に、ごくりと喉を鳴らしてしまった。

いや……、相談を持ちかけた私にしてみれば、とてもありがたいことなんだけれども。

それでも、嫌な予感しかしない。

「え、えーっと」

「つまり、タローの瞳が恋しちゃってるわけだな？」

「違います」

やはり意図しない方向に話が飛んでいってしまったので、ひとまず止めておいた。

すると女王様は、心底不満そうにする。

「なんだ？　違うのか？」

「いや、その原因まではわからないので、いつも太郎の近くにいる女王様から見て、何か心当たりはないものかと思いまして」

「お前とタローのことなんだから、お前に心当たりがないなら、妾にあるはずがないだろう？」

「それはそうなんですけど」

目は口ほどにものを言うというけれど、太郎の目を見ても気持ちまではわからない。きっと何か思うところがある、わかることといえばそれくらいのものだった。

女王様はしばし私を観察し、「うむ」と深く頷くと、人差し指をくいっと立てて言う。

「わかった、ひとまず立つがいい」

「え？　どうしたんですか？」

意味がわからないまま立ち上がる私に、女王様は真剣な顔で言った。

「ではまず、ファッションチェックからだな？　しかしなんだその格好は？」

「え？　えっと、変ですか？」

やっぱり関係ない話題になってる！　と思ったが、いきなりだめ出しされれば私だって気にはなる。ちなみに今日はジーンズにピンクのパーカー姿だが、女王様的にその格好はまったく気に入らないらしい。

「ああ、大いにな。異性の目を気にするのならなおさら不満だ！　もっと肌を出していかんか。色香とは肌色から出るものだぞ？」

「それ、暴論すぎません？　それに視線は気になるとは言いましたが……」

私は話の方向を修正しようとしたが、女王様から手のひらを突き出されて止められてしまった。

「黙るのだな、小娘よ。健全な人間の男ならば女が視界を横切れば目が行くものだ。それが美しければなおさらだろう？　第一印象とはつまりきっかけだ。だがスペックの良さに胡坐をかいていては自ずと限界というものがあるのだからな？」

「だから……、そういう話ではなく」

「いいや、そういう話だ。妾にはわかる」

「……そうなんですか？」

もはや何を言ってもだめそうだ。

女王様がやけに自信たっぷりに断言するものだから、私も思わず納得しそうになってしまった。

しかしどうにも誤解がある気がして、何とか情報を多くしようとがんばった。

「ええっと変な意味ではなくてですね。なんというか、含みがあるというか、未練がましいというか。うまく言えないんですけど……、どうにも何か言いたいことがありそうって感じなんです」

「何か言いたくて見てくるのか？　そっちのほうがよっぽど変だろう」

「まぁそうなんですが」

女王様の指摘には、それもそうだと納得しかけてしまった。

ともかく、強引にまとめてみる。

「えーっと、要約すると、やっぱりふとしたときに私を見ている太郎の視線が気になるという話なんです」

「まったく情報が増えておらんぞ。もっと具体的に何かないのか？」

「……すみません。私もどうしたものかわかりかねていまして」

自分でもおかしいとは思うが、私だから感じる殺気？　とは言わないまでも、確実にネガティブな感情の混じった視線を感じるわけだ。

言葉を濁す私に女王様は不可解そうな顔だが、それでもしばし考えて、何かを思いついたように楽しげな表情になる。

「ふむ、視線が気になると言うのなら、ちょっと待っておれ。いいものがあった」

「いいものですか？」

「うむ。男の視線を変えたいのだろう？」

「……まぁ、ざっくり言えばそうなのかな？」

やはりそっちの方向に持っていかれるかと私はとうとう諦めた。

女王様はいそいそと姿を消し、しばらくしてからにょろにょろと床から現れた。その周囲にはヒマワリの花が咲いている。

花のチョイスからして、ずいぶん機嫌がよさそうだ。

「では、これをお前にやろう。試してみるがいい」

女王様の手のひらに載っていたのは、銀色の小さな指輪である。

受け取って指で転がしてみたが、魔法の品であることくらいしかわからなかった。

「これは？」

女王様はふふんと笑って、指輪を指差した。

「この指輪は面白いぞ？　簡単に言えば、相手からの印象を変化させる魔法がかけられている。持っていればタローとて何かしらのリアクションは期待できるだろう。ひょっとすれば、そのリアクションからそなたの違和感の正体も見極められるかもしれんな」

「……リアクションですか」

「そうだ。感情の起伏を読み取るなど造作(ぞうさ)もなかろう？　男なんぞ目配せの一つでもくれてやれば簡単にぼろを出すというものだ、お前の色気の見せどころだぞ？」

「色気ですか……。ハハハ」

私はもう一度手の中にある指輪を眺めて、眉をひそめた。

相談をしておいてなんなのだが、控えめに言っても心配だ。

「妾とて、あやつの考えなどまるで見当もつかん。まぁ気休めだ、使ってみるのもいいだろう」

だがまぁ、女王様の言うことももっともだとも思う。

近くにいたって遠くにいたって、太郎の考えていることなんてわかるわけがない。

結局のところ今回の悩みだって、わずらわしく思われていたらどうしよう？　という私の心配が根本にあるような気がしていた。

結局気になるなら本人に尋ねてみるしかないし、それが嫌なら本人の態度から読み取るしかないのだ。

「ありがとうございます……」

私は頭を下げて礼を言うと、何とも言えない気分ではあったけれど、そのまま部屋を出た。

そんな感じで考え事をしていたので、女王様がポツリと言った次の言葉なんて私の耳にはまったく届かなかったわけだ。

「……ああ、そうそう。ちなみにそのアイテムはタローが作ったものだからな、そういう意味では効果のほどは期待していい」

指輪はさすが魔法の品だけあって、指にはめるとぴったりのサイズに勝手に収まった。

「さて……、どうなるかな？」

自分の指にはまった指輪を眺めてみても、何か変化したようには思えなかった。

印象を変えるという話だったが、漠然としすぎてどんな効果があるのかまるでわからない。

女王様がくれた魔法のアイテムだけに、見た目に関する魔法だろうとは思う。

不安はあるけれど、元々何の手立てもないのだから、何か打開策につながるかもしれない。

「そうだよね。まぁ、何事も試してみるのは大事だ」

何が起こっても驚かないように心の準備をしつつ、私がまず行ったのは、自分の姿の確認だった。

女王様のお城にはいろんなところに姿見が設置されている。

さっそく鏡に映った自分の姿を見て、もらった指輪の効果を理解した。

「服が変わってる？　でもなんでドレスなんだろう？」

私の格好は、いつかのシンデレラの一件で着たことがある、真っ赤なドレス姿に変わっていた。

今すぐ舞踏会にでも行けそうな格好なので、違和感がすごい。

そのくせ着ている感覚は、ジーンズとパーカーのままなんだから、妙な気分である。

どうやらこの指輪は、はめるとドレスアップする効果があるらしい。

私はすっかり変わった自分の格好を見て、ため息をついた。

「要するに、身なりを整えて印象を変えろってことかな？　これはまたずいぶん直接的な……」

そりゃあ、相手の態度も変わるだろう。

何せ見た目がここまで変わっているのだから。

自分が求めていたものとは違ったが、そもそも女王様に太郎の変化について思い当たるところがなかった時点でどうにもならない話だ。女王様も骨を折ってくれたほうだろう。

ともかく、服が変わったくらいなら太郎にも見せてみようと思う。期待通り何らかのリアクションがあればいいし、なければそれで終わり。

肝心の気になるところは、折を見てまた何らかの手段で問いただせばいいだろう。

「まぁ、そんなところだよね」

私は気を取り直して、太郎の家に向かうことにした。


太郎の家にたどり着くと、カワズさんが庭先で妙な踊りを踊っていた。

カワズさんが中国拳法をやっていることは聞いていたけれど、すでに完璧らしく、動きに一切の淀(よど)みがない。

上半身裸のカワズさんは、ますますただの蛙っぽくて、なんだか声をかけづらい。

そうして迷っている間に、カワズさんのほうから話しかけてきた。

「おう。来ておったのか。どうじゃ？　転移魔法の具合は」

「どうも。おかげさまですごく助かってます。こっちの世界のほうが勉強なんかもしやすくって、ついついこまめに来ちゃうくらいです。静かだし気候もいいから」

タオルで汗を拭きつつ休憩を入れるカワズさんは、私の返答を聞きながら周囲を見渡して頷く。

「ふむ。それもそうか。ここより快適な場所はなかなかなかろうのぅ」

「でしょ？　時間もある程度調整が利くっていうのもすごく助かってて。こっちはズルっぽいけど」

太郎から世界を行き来できるアイテムをもらっているので、ここに来るのにはそんなに手間はからない。それに、数日くらいなら時間を調整することもできた。

試験勉強のための時間を作るにしても、リラックスする時間を作るにしても、何かと便利なのだ。

少し前まで、心の余裕を奪っていた場所が、今こうしてまったく真逆の場所になっているのだから、わからないものだ。

カワズさんは、ズルっぽいと言った私に首を振っていた。

「いや。そういう利点は活用すべきじゃろう。そもそも失った時間はこちらの世界の都合なんじゃからな。気にせず好きに使えばええわい。……ところでお前さん、今日はいい感じの衣装じゃのぅ。その格好で出歩くのはどうかと思うが」

「あ、……そっか。この格好じゃ変ですよね」

カワズさんが突然、私の格好を指摘してくる。いい感じの格好と言われると、悪い気はしない。

そういえば私は今、ドレス姿に見えているんだった。

着心地は変わってないから忘れてしまうけれど、この場にドレスでは、そりゃあ変だろう。

頬を赤らめた私に、カワズさんは汗を拭きつつ謝った。

「ん、まぁ着る物くらい個人の自由じゃけどな。わしもいらんことを言ったわい」

どうやら気を遣わせてしまったみたいだ。

「いえいえ。ところで太郎っていますか？」

ここは早々に用事を済ませるべきだと思って、私は太郎の居場所を尋ねた。

するとカワズさんは家のほうに視線をやって親指で指し示す。

「ん？　ああ、中でスケさんと何かしておったが？」

「じゃあ私は、少し彼に話があるので」

「うむ。ゆっくりしていけ」

挨拶もそこそこに、慌てて太郎の家に入る。

ただ部屋に入る寸前、カワズさんのぼそりと呟いた言葉が耳に入った。

「しかし、……アレがチャイナドレスというものか？　普段着でもいけるんじゃろうか？　切れ目が入りすぎじゃろ」

（チャイナドレス？）

何のことだろう？　いったい。

意味はわからなかったが、確かめに戻るのも気が引けて、私はそのまま太郎を探した。

「なんだこれ？」

太郎の家に入ると、ピンク色の布が床に散乱していた。

リビングでは、大柄の男の人と太郎が一心不乱に針を動かしている。彼らは布地をチクチクと縫い合わせ、一生懸命何かを作っているようだった。

入ってきた私に気がついたのだろう、大柄の男の人が作業を続けながらも話しかけてきた。

「ん、お客さんですかな？　いやはや散らかしてすみません。少々慣れない作業をしているもので。……この匂いはセーラー戦士殿ですか？」

彼はおそらくスケさんだ。

本来の姿は見上げるほど大きな黒い竜のはずだが、今は短く髪を切りそろえたかっこいい感じの人間の男性に姿を変えている。

何をどう間違ったら、あの獰猛（どうもう）な竜がピンクの布にまみれて裁縫をすることになるのかわからないが、本人は真剣みたいだった。

そしてもう一人。太郎もやはり真剣にピンクの布に針を通していた。

太郎の手つきは妙に洗練されていて、スケさんに比べて倍ほどの速さなのが見て取れた。

針仕事も上手なんだな。やっぱり女子力高い。

だがここまで来ると、むしろ女子力というより職人芸のような気がした。

「おお、ちょっと待ってて、もうちょっとでキリがつくから。そしたらお茶でも入れようか」

太郎は反応は示してくれるものの、顔は上げない。

「二人で何してるの？　なんだか甲斐甲斐しいけど」

いよいよ気になった私は、好奇心で尋ねてみた。

どうやら作業は佳境のようだが、何をそんなに必死に作っているのだろう？

我慢できずに覗き込むと、スケさんは忙しそうだったが、太郎のほうには若干余裕があるのか、何を作っているのか教えてくれた。

「あー、あれだよ。新団員用のハッピを作ってるんだ。ここには生地がたくさんあるからね」

そう言いながらピンク色の糸をすいすい布に這わせて、服の形にしていく。

ああなるほど、あのアイドル関係のやつか。

納得したけれど、どうにも深くは踏み込めなさそうだ。

太郎が地球の娯楽をこちらでも広めようとがんばっているのは少し知っている。アイドルの動画もその一つで、かく言う私も、旅をしていたときは動画を使わせてもらった。

そしてどうやら、その騒ぎの手伝いにスケさんが駆り出されているようだ。

竜なのに人間のアイドルに興味あるなんて変だな？　と思ったが、きっと太郎に巻き込まれたんだろうと見当をつけた。

「私一人でやろうと思っていたのですが、タロー殿が見かねて……。いやはや面目ないない、しかし団長としてはこれくらいのこと、やらないわけにはいきますまい！」

だけど、スケさんはものすごく気合が入った宣言をする。

訂正、どうやら彼のほうがこの騒ぎの中心人物みたいだった。

声を弾ませるスケさんは本当に楽しんでいるようで、趣味はこうやって人生を豊かにしていくんだなーと思った。

アイドルに関してはあまり理解できないけれど、趣味とはそもそもそういうものなんだろう。

じっと見ていたら、ちょっとした疑問が生まれた。

「わざわざ手で縫わなくても、魔法を使ったほうが楽なんじゃないかな？」

話のタネにそう言ってみたが、太郎がこれを否定する。

「作る数少ないし、これはこれで別に楽しいし？　だいたい最近すること多くて、こういうのに魔力使うくらいなら新しいパソコン作る」

「あぁ。優先順位はそっちが上なんだ」

「それはそうでしょう。あれは魔力がないとできないし」

なるほど。太郎ほどの魔力を持っていても、余裕はそんなにないということか……。

それってどれだけ魔力使ってんだよ！

私は何か釈然としなかったけれど、本人が言うのならそうなのだろう。

作業を邪魔するのも悪いので黙って完成を見守っていると、数分もしないうちに太郎がハッピを持って立ち上がった。

その三十秒後くらいにスケさんが完成したようだった。

「はっはっはー。俺の勝ち」

「ぬぬぬ……。ハンデ付きだったのに、さすがに悔しい」

どうやら二人は、どちらが先に完成させるか勝負していたらしい。

勝ち誇って笑顔の太郎と渋面（じゅうめん）のスケさんが顔を上げて、お互いに出来上がったハッピを私に見せようと振り返ったが——。

私を見たとたん、二人の表情は激変した。

「ぬほ！　こいつはいったいどういうことですか！　何かのハッピーイベントとかですか！　ハッピだけに！」

「おお！　今日はセーラー戦士じゃないか！　やっぱりいいもんじゃないかセーラー戦士！　最近着ているのってセーラーでも、戦士でもないから、もうなんだか寂しくって！　せっかく確立したキャラなのにもったいないなーって思って見てたんですよ！」

「ん？」

スケさんは顔を真っ赤にしている。一方太郎は、頬を桜色にして大興奮だ。

あまりのテンションの上がりっぷりに、一歩引いてしまったほどだが、彼らの意味のわからない発言は耳に残った。

「……え？　何それ？」

私は今、ドレスを着ているように見えているのではないのか？

その姿を見せて、そこそこ驚かれて、女王様にもらったのだと説明して……、と話のきっかけにするくらいのつもりだったのだが。

二人のリアクションは少々度を越していた。

「え！　いいんですかその格好は！　危険ではないですかね⁉」

スケさんは鼻の穴から真っ赤な炎を噴いている。

やっぱり竜なんだなと思ったが、なぜ炎を噴いているのかまではわからない。

「えっと目が血走ってるんだけど……？」

戸惑う私は助けを求めて、視線を彷徨わせる。すると、ようやく太郎も何かおかしいと気がついてくれたらしい。

太郎はざっと私を見て、そして指に目を留めた。

「ああこれ幻系？　って、……まさか！」

ものすごく慌てて太郎は私の手を取る。

「な、なに？」

ドキッと胸が鳴る。

太郎の掴んだ私の手には、銀色の指輪が光っていた。

「え？　これ？　えっと……、女王様に貸してもらったんだけど」

たどたどしく事情を説明した私だったが、それを聞いた太郎の顔は蒼白になる。

「‼　すまんスケさん！」

そこから太郎の動きは速かった。

大慌てでそこら中に散らかっているピンクの布に魔法をかけて、スケさんの頭から足の先までを拘束してミイラにしたのだ。

桜吹雪のように舞った布が、磁石に吸い寄せられる金属片のごとく次々と殺到すると、スケさんはピンク色の塊（かたまり）になる。

「ぬおおお！　何事！」

もがくミイラの中からスケさんのうめき声が聞こえてきたが、完全に拘束でさたのを確認した太郎はふぅと額の汗をぬぐった。

「やれやれ、すまんなスケさん。緊急措置だ、悪く思うな」

「悪く思いますよ！　そりゃあないでしょう！」

「いや！　でも本当にすまん！　だが、今君が見たものはすべて幻なのだよ！」

もがもが叫ぶミイラスケさんは、非難めいた声を上げていた。

状況が理解できず、私は目を大きく見開いたままである。

そんな私の手から、太郎は指輪を抜き取るとそのまま回収してしまった。

「やれやれ、女王様もやってくれる。まさかこいつを引っ張り出してくるとは」

太郎はその手に収めた指輪を眺めて呟く。

なんだかとっても嫌な予感がする台詞に、私は胃が重くなるのを感じた。

このまま知らないほうが幸せとも思ったが、知らないほうがもっとまずそうだ。

「この指輪のこと、知ってるんだ？」

結局、私は尋ねた。

すると太郎は大きく頷いて、視線を彷徨（さまよ）わせながら腕を組んだ。

「ああもちろん。こいつは俺が作ったやつだから」

「……そうなんだ」

そりゃあ、変な効果が付いていたとしてもおかしくはない。

なにせ、太郎作である。

思いつきで道具を作ることには定評のある太郎なのだ。

太郎は懐かしげにその指輪を眺めて、ため息をついた。

「そうだよ。あー……、そうだなぁ」

「……？」

キョトンとする私に、太郎は難しい顔をしてうなり、そして質問をしてきた。

「ふむ、何と説明したものか。とりあえずそれ着けて、自分を鏡で見たとき、どんな服を着ているように見えた？」

「え？　赤いドレスだよ。シンデレラのときにもらったやつ」

意図はわからなかったが、私は正直に答えた。

すると太郎はなぜか驚く。

「……え？　そうなの？　これは予想外」

「なんなのいったい？」

いい加減じれてきた私が問い返しても、太郎の歯切れはいまいち悪い。

「あー、なんて言ったらいいかな？　落ち着いて聞いてほしい」

「？　うん」

太郎はふるふる震えてしばしためらったが、結局、話し始めた。

「まぁ最初に言っておくと、こいつは基本的にそんなに悪い魔法じゃない」

私を落ち着かせているつもりなんだろうけど、余計に不安になることを言う太郎。

「俺は一時期、服飾の魔法について研究していた時期があったんだけど。その指輪にはそのときに生まれた魔法がかけられていてね？」

「服飾の魔法ね。女王様が好きそうだ」

「うん。手軽に最高の格好になれる魔法があったらいいなーっと思って。でも、ほら。いちいちデザイン考えたりするのって大変だろ？　それに魔法使いっぽくないから一瞬でほいっ！　て格好を変えられたらいいなっと思ったんだよね」

「一瞬で変わるのはたまにやってないかな、太郎は？」

私の記憶では、格好を変えるくらいは普通にやっていた気がするのだが、太郎は重々しく首を縦に振る。

「まぁそういうのも、この研究から生まれたとそう思ってくれ」

「あぁ。まぁそうなんだろうね」

「でも、じゃあどんな姿にすればいいんだよって話になる」

そして太郎は、ずいぶん引っ張ったうえで、ようやく結論を告げた。

「俺が導き出した答えは三つだ。魔法を使う人間に合わせるか。服を着る人間に合わせるか。……それとも、その服を目にする周りに合わせるか。三つのうち、この指輪には周りに合わせる魔法をかけることにしたわけだ」

「……」

太郎の話を聞いて、私も結論にたどり着きつつあった。

だがそれと同時に、どうしようもなく身体が震える。

私は背中に汗が噴き出るのを感じていた。

そんな私に、太郎は言うのである。

「つまりそいつは、見た人間が思い描く最高の服になるんだよ。相手の好みに合わせて一番気に入っている服装になるってわけ」

「……というと？」

あえて問いただす。

私の視線は自然とスケさんに向いた。

「見せてくださいタロー殿！　後生(ごしょう)です！」

太郎も同じくスケさんを見ていて、ゆっくりと私に視線を戻すと、「残念ながら……」と口にして、首を横に振った。

「……まぁ、スケさんの目にはエロい服に見えていても何の不思議もない。……のかもしれない」

「〜〜〜〜！」

私の絶叫は、家の外まで響き渡った。

「私これ全然悪くないと思うんです……。むしろこういうのこそラッキースケベとして大きな心で許されるべきではないかと。私は選ばれたのですよ、エロの神に」

私の平手が、ろくなことを言わない竜に炸裂する。

太郎は友人の顔にできた平手跡を見て呟くように言った。

「そういうこと言うから怒られるんだろうに」

「ですか。まぁそうなんでしょうね。次がんばります」

全然反省していないスケさんに、太郎も呆れていた。

だけど私は、セクハラはよくないと思うから太郎に厳しいことを言っておく。

「太郎も、欠陥があるってわかっている道具は処分しようよ」

火照(ほて)った顔をごまかし、若干怒っているふうにしていると、太郎は妙に熱を込めて言いだす。

「モノづくりに失敗はつきものさー。だけど失敗したものだって作り手の思いは十分籠(こも)っているものなのさー」

「……言い方が胡散臭(うさんくさ)い」

「ですな、卑猥(ひわい)な企みがあったとしか思えません」

私がじとっとした視線を向け、スケさんが確信をもって頷くと、太郎は心底慌てていた。

「そんなことないし！　俺ってば元々ものとか捨てられない人だし！」

太郎は必死に言い訳を始めたけど、言えば言うほど、その慌て方が怪しかった。

でも、今回のことで一番悪いのは、どう考えても私だった。

そもそも太郎の視線が気になるなんて言いださなければよかったのだ。

スケさんにはどんな格好を見られたかわからないし、実は赤いドレスを気に入っていたこともばれてしまった。

そこまで考えていたら、頭に引っかかっていたことを思い出した。

そこでひとまず私は最初の目的に立ち戻る。

そういえば、私は女王様の狙い通り、太郎の動揺を誘うことには成功していた。

私の服を見たときに太郎が言っていた台詞を思い出し、私はまさかと思って太郎を見る。

「ねぇ、ちょっといい？　太郎？」

「……あの。やっぱり僕もお仕置きでしょうか？」

なぜか怯えている太郎だが、それは別にいい。

そんなことよりも、さっきの真意を確かめたい。

「違うから。ところで最近の太郎ってさ、いつもあんなこと考えてない？　あのセーラー戦士がどうとかって」

私がズバリ尋ねると、太郎の視線はサッとそらされた。

「いや、……まぁ。せっかくセーラー戦士ってあだ名を付けたのにとか、セーラー戦士はキャラが立っていいなぁとか、そんなことは割と頻繁に……」

「……」

これは間違いなさそうだ。

どうやら地球に戻ってからの太郎は、私の格好にずっと不満があったらしい。

ちょっと方向性は違うが、女王様のアドバイスがニアピンだったみたいだ。

私は事の真相にたどり着いたものの、思いっきり脱力していた。

「なんだ、そんなことだったのか。心配して損した」

「え？　何が？」

「なんでもないよ」

「え？　なんかホントゴメンね？　怒った？」

謝られても、私はそっけなくしてそっぽを向く。

得心(とくしん)いってしまったが、安心したような、がっかりしたような、複雑な心境だ。

「でも、……一応、似合ってるとは思っててくれたんだ」

だけど私は、しょんぼりする太郎を見てそんなことを呟いた。

そして後日。

「どうしたの！　やっぱりセーラー戦士にしたのか！　……ん？　でも微妙にいつもと違う？」

「まぁね。制服ふうファッションってやつかな？」

太郎が驚くのを見て満足しつつ、私は新調した服を見せる。

それは、私服をセーラー服ふうに改造したものだった。

それに鎧を付けて、動き回ることを考慮してスパッツを穿(は)かせていただくことにした。

これで、せっかく本名で呼んでもらえることになっていた私の呼び名は、元のセーラー戦士に戻ってしまうかもしれない。でもそれについては粘り強く訂正していこう。私はそう覚悟を決めていた。

彼女は異世界での戦いを終えた。
だが、戦いを強いられる異世界人は彼女で終わりではない。
異世界人が大きな魔力を持つ限り、苦悩の連鎖は尽きないのだ。
個人の扱える魔力には差がある。
操れる魔力差は戦力差となり、もちろんできることにも差が生まれる。
魔法使いといえどこの現実からは逃れられない。
優秀な魔法使いほど自分の限界に思い悩む。
だからこそ、異世界人召喚のような悲劇が生まれる。
それは魔法に隠れた、闇の部分だ。
魔法使いは、生まれながらの資質に思い悩み、時に道を踏み外す。
本当にそういうこともあるのだ。

2

とある魔法使いは、己の限界に直面していた。

そんなとき、その女は現れた。

自らの顔を黒い布で覆い隠した、得体（えたい）の知れない女。

彼女が魔法使いに手渡したのは、見たこともない古文書だった。

魔法使いは、その古文書に何が書かれているのか、今まで蓄えてきた知識によって理解できた。

「どうかしら？　貴方なら読み解けると思って持って来たのだけれど？　興味はある？」

女は魔法使いを試すようにささやく。

机の上に広げられた古文書に目を通した魔法使いは、震えを抑えられずに自分の手首をきつく掴んだ。

「……本当に、そんなものが存在するのか？」

そこに書かれていたことに驚き、思わず問う。

すると女は頷き、テーブルの上で両手の指を絡める。

「ええ、わかるんでしょう？　貴方なら？　信じるも信じないも貴方しだいだけど。……これはチャンスよ？」

「チャンス……」

怪しい声で、女は魔法使いの心を揺さぶる。

どうあがいても抗えない魅力を前にして、曖昧な態度のままの魔法使いに、女は人差し指を突きつけて彼の額をなぞった。

魔法使いの息が荒くなっていく。彼女の指先に得体の知れない恐怖を感じていた。

女の顔を隠す真っ黒な布。そこから見える目は、まるで地獄の穴でも覗き見ているかのようだった。

「そう。チャンス。絶大な力を手に入れられるの。貴方を馬鹿にしてきた連中を見返したくはない？」

女の言葉に、思い出したくもない光景が次々に蘇った。

魔法をよくしようと心血を注ぐ自分に、魔力が少ないというだけで向けられる侮蔑の眼差し。

それは、彼のすべてを否定した視線だった。

「う、……ううっ」

その記憶は、全身の血が凍りつくような感覚を呼び覚ます。

この暗い感情は、憎悪だ。

どす黒い憎悪が魔法使いを支配し、消そうとしても抗おうとしても、押し潰されそうになる。

それは、消えない傷のように魔法使いの中に存在していた。

魔法使いは女を見る。

布の奥にわずかに見えた彼女の口元が、魔法使いが取るべき道を知っていると言わんばかりに弧を描く。

「僕は……」

「欲しいんでしょう？　力が？」

「……それは」

「いいのよ。無理する必要はない。力は持つべき人間が持ったほうがいいの」

「……持つべき人間」

「そう、貴方のことよ。欲しいでしょう。貴方を虐げた人間を凌駕する力を」

「……ああ、欲しい」

「それでいいわ。腹の底に憎しみを抱えている者でなければ、不可能を可能にはできないのだと教えてあげなさい。貴方の憎悪を育てた愚かな者どもに」

すでに魔法使いの中に迷いは消えていた。

代わりに魔法使いの心にあったのは、重く激しい感情だった。

「力が欲しい。誰にも負けない強大な魔力が」

魔法使いの顔を見た女は、布の下で嗤う。

そして古文書に手を添えると、魔法使いのほうに差し出した。

「なら、これは貴方のもの。中の言葉は私にはすべてわからないけれど、貴方になら解析できるのよね？」

女の念を押す質問に、魔法使いは力強く頷く。

「ああ、問題ない。明日にでもすべて解析できるはずだ……。だが、中の内容は僕の好きにしていいんだな？」

魔法使いは女に問う。

今にも襲いかかりそうな魔法使いに、女は深く頷いた。

「もちろん、この中の成果はすべて貴方のもの。私はそこに記されたものが何なのか知りたいだけですもの」

「ああ。任せておけ、この中にあるものは必ず蘇らせてやる。僕の魔法使いとしてのすべてを懸けて」

魔法使いの言葉を聞き、女はもう質問を投げかけはしない。

「そう。よかったわ。貴方のような有望な魔法使いと知り合えて」

女は微笑み、席を立つと、そのまま闇に消えていった。

残された魔法使いはふらりとよろめき、自ら動きだす。

その手には、女が置いていった古文書がしっかりと握られていた。

魔法使いの魔法は、時として常識を超える。

それは、人知を超えた力さえ示す。

大きな魔力を持つ者は、その力の強大さゆえに使い方に悩み――

ない者は力を求めて、やはり苦悩する。

だが、彼らがやることは結局同じなのだ。

魔法を解き明かし、魔法を使う。

どんな性別でもどんな種族でも、同じことをして同じように苦悩する。

それが、魔法使いと呼ばれる者の宿命なのだ。

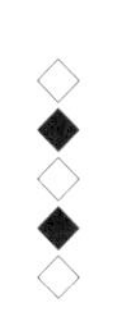

思えばアレは、もうずいぶん遠い過去のこと。

そう彼は感じていた。

「ようこそ。異世界の戦士よ。私（わたくし）たちは貴方を歓迎いたします」

目を覚ました彼に、真っ白に輝く女の子はそう言って微笑（ほほえ）みかけた。

とても立派なドレスのようでいて神聖ささえ感じさせる不思議な服に身を包んだ女の子。彼がこの世界で一番最初に見た光景だった。

「えっと……、その、貴女はいったい、誰ですか？　それにここは？」

ぼんやりと霞む記憶では、確か彼は学校から家に帰る途中だったはずだった。

彼がそう尋ねると彼女は彼の顔を覗き込み、納得したように声を上げる。

「まだ混乱していらっしゃるのね？　……ここは神聖ヴァナリアと呼ばれる国。そして私は巫女の一族に連なる者。この国では教皇と呼ばれております。貴方をここに呼んだのは私です。どうかお許しください、勇者様」

「……勇者？」

「ええ、私は貴方を勇者としてこの国にお招きしたいと考えております。どうか……、力のない私たちを貴方のお力で助けていただけませんか？」

「ええ⁉」

雨野隆星が、初めて「勇者」と呼ばれた日。

すべてはここから始まった。

実感も何もなかった。けれど、真剣な眼差しでこちらを見つめる女の子、そして湧き上がる妙な高揚感、それだけは妙に彼の記憶に残っていた。

「ううん……」

勇者はうめく。

普段からつんつんと跳ねている髪の毛が、重力によってさらにボリュームが増していた。

小柄な身体に不釣合いに大きな白い鎧や剣がしっちゃかめっちゃかになっている。そんな状態で勇者は目を覚ましたのである。

逆さまになった勇者の前には、ネコミミの女性がいる。

明るい赤毛の髪の毛でその見た目はほとんど人と変わらないが、頭の上に生えている耳とお尻に生えた尻尾が、彼女が実は猫の獣人であると教えてくれる。

動きやすそうな鎧に身を包んだそのネコミミは、勇者とともに旅をする戦士だ。

そう、彼女は間違いなく勇者の仲間である。

ネコミミは勇者に顔を近づけて、人懐っこい顔でにんまり笑うが、こうやって勇者を地面に転がしたのは彼女の仕業だった。

しかし、ネコミミはやれやれといった様子で勇者に言う。

「訓練といっても、気を抜いたら危ないにゃ？　打ちどころが悪かったら死ぬにゃよ？」

そうだった……。勇者はようやくぼんやりした頭で思い出した。

さっきまで訓練の真っ最中だった。

昼食が終わったあとの腹ごなしとして、彼はネコミミに稽古をつけてもらっていたのだ。

その結果が、この情けない状況というわけだ。

勇者は情けない笑みを浮かべながら、ネコミミに尋ねる。

「ゴメンナサイ……。でも、君って本当に強いよね？　どうして初めて会ったときは捕まってたの？」

勇者がネコミミと最初に出会ったとき、彼女は奴隷商人に捕まっていた。そのとき彼は、教皇様に頼まれ、奴隷商人の一味のアジトに乗り込んだのだった。

恥ずかしい話を蒸し返されて、ネコミミはさっと目をそらす。

「あれはにゃーニャハハハ……。ちょーっとした大人の事情というか……。あの野郎、次会ったら目にもの見せてやるというかにゃあ……。とにかく、あのときは割とピンチだったから勇者には感謝してるにゃ？」

結局ネコミミは、クシクシと耳の裏をなでながらそう言ってごまかした。

こうやってとぼけようとしているとき、ネコミミはまったく話す気がないのだと勇者は知っていた。

「あんまり話したいことじゃなければ無理に話さなくてもいいよ……。っと」

ようやく身体も回復してきたので、勇者は起き上がろうとする。

ネコミミは手を差し出して勇者の手を掴むと、そのまま引き起こした。

「そうにゃ、乙女(おとめ)には知られたくない秘密の一つや二つあるもんにゃ」

「うん、わかってる」

愛想笑いをして空気を読んだ勇者は、それだけ言って追及しなかった。

「それにしても、勇者様らしくなかったですね。考え事ですか？」

そう尋ねてきたのは、二人の訓練を見学していた白い少女だった。髪も肌も真っ白なその女の子は、同じく真っ白い法衣(ほうえ)をまとい、杖を持っている。

彼女の水晶のような青い瞳に見つめられると、吸い込まれてしまいそうだ、と勇者は感じた。

彼女は不思議そうに勇者の顔を見ていたが、彼としてはそのあたりはあまり追及してほしくなかった。そう思って、勇者は決まり悪そうに頭を下げる。

「あ、ごめん……。ちょっとボーッとしてたかな？」

実際、嘘ではない。本当にボーッとしてたのだ。

頭を押さえて愛想笑いする勇者を、白い少女は心配そうに見つめた。

「そうですか……。でも、気をつけてくださいよ？　治療しますから怪我(けが)を見せてください」

「大丈夫だよ。これくらい、怪我のうちに入らないから」

「十分入ります！　もう勇者様は！　貴女も頭を狙うのはやめてください！」

「にゃははは……。いんやー、申し訳にゃい」

「もう！　大体貴女はいつもやりすぎなんです！」

白い少女はふくれっ面で怒っていたが、ネコミミも確かにちょっとやりすぎだったと感じているようだった。

勇者がそんな二人を微笑ましく見ていると、二人の視線が勇者を捉える。

「勇者様、このところボーッとしていらっしゃることが多いです！　気を引き締めてください！」

「そ、そうかな？」

「多いにゃあ」

もはや勇者に逃げ場はない。観念して彼は再び頭を下げた。

「うぅ……、気をつけるよ」

「まぁ。無理もないと私は思うにゃ？」

そう言うとネコミミは頭の後ろで手を組んでにゃははと笑う。

しかし白い少女のほうは、許してくれないようだった。

「そんなことを言っている場合ではありません！　わたくしたちはこれから使命を果たさねばならないのですから！」

確かにその通りだった。

この先どうするのか。その重要な局面に、勇者たちは今立っている。

それは、最近巻き込まれたとある大事件に関係していた。

そこで勇者一行は、魔王と出会った。

見せつけられた魔族の王の真の実力は、勇者たちに相当の衝撃を与えた。

圧倒的な実力の差があった。

勇者はもちろん、白い少女もネコミミも気にしていないわけがない。考え事が多くなるのは、何も勇者に限った話ではないのだ。

ここのところ勇者一行の中には、以前にはなかった停滞感がある。しかしいくら思い悩んだところで、勇者としての使命がなくなるわけではない。

パーティの中で一番前向きなのが、白い少女なのだろう。

白い少女に鼓舞され、勇者はなんとなくうれしくなって笑いかけた。

「ごめん。僕がもっとしっかりしないといけないね」

「そうです。しっかりしてください。わたくしもお助けしますから」

「ありがとう……。僕、がんばるよ」

「わ、わかってくれればよろしいのです……。もう」

白い少女はツンとそっぽを向いてしまう。相当怒らせてしまったと勇者は思った。

そんなふうにして、ほんの少しだけ穏やかな時間が流れていく。

しかしこの世界は、勇者にそんな時間を許してくれるほど甘くないようだった。

「ん？」

まず最初に反応したのはネコミミだ。

きょろきょろと周囲を警戒して、動きを止める。

そして耳を動かすと、何かの音を聞き取ったらしくある方向に耳を向ける。そして鋭く言った。

「向こうのほう……。なんかおかしくないかにゃ？」

こういうとき、獣人であるネコミミの聴覚は人間などまるで相手にならないほど鋭敏だ。

彼女の指し示す方向には何かがあるのだろう。そう考えて勇者は警戒を強めたが、それは白い少女も同じ認識で、勇者に頷いた。

「こっちですね……。行きなさい」

白い少女が得意の精霊魔法を使って、周囲に精霊たちを放つ。

しばらくして精霊が戻ってくると、何事か察知した白い少女は、先ほどのネコミミと同じ方向を指差して緊張した声色で言った。

「……精霊が騒いでいます。この近くで人間の血の臭いがしていると」

「！　急ごう！」

そう叫ぶと、勇者はすぐに走り出した。慌てて仲間二人も続く。

「はい！」

「にゃはは……、そういう判断は早いにゃあ。もう慣れたけどにゃ」

「それが勇者様のいいところです！　ほら、行きましょう！」

「わかってるにゃ」

危険なこの世界では、血の臭いはどこにでも漂っている。

だから、勇者といえど、すべてを救えるわけではない。

でも、だからといって傷ついている人を見捨てるなんてできない。

勇者は迷いを晴らすように、いつも以上に剣を握る手に力を込める。

そして全身を肉体強化の魔法で強化すると、地面を飛ぶように疾走した。

今この瞬間、悩む必要はない。

「行かなきゃ……」

目の前の命を救うことが、今勇者としてできる唯一の正義なのだ。


「うわあああ！」

響き渡っていた悲鳴は、男のものだった。

その男は、青い炎をまとった何かの群れに追われていた。

すでにかなり追い詰められている。男性を囲んでいるその群れは少しずつ距離を詰めて、男の逃げ場をなくしていた。

男は腕に怪我をしていて、抵抗できないようだ。

勇者はその光景を見た瞬間に、男が絶体絶命の状態にあることを理解して、思考を戦闘用に切り替えた。

おそらくは魔獣である。

ためらう理由はない。

「あぶない！」

青い炎の魔獣が反応したが、すでに勇者は攻撃動作に入っていた。

勇者が聖剣を抜き放つと、ヒュオンと音を鳴らして魔力の刃が魔獣に向かっていく。

刃によって両断された魔獣の一体は、青い火花になって崩れて消えていった。

『えれぇ軽い手ごたえだＮＡ！　こいつらアンデッドかＹＯ？』

勇者の聖剣がしゃべりだした。

軽い調子の声だが、心なしか不快そうである。すかさず勇者は謝った。

「エーリュシオン。ゴメンねいきなり。でもアンデッド？　こいつらお化けってこと？」

相手もわからず斬りかかったらしい持ち主に、聖剣は呆れて言う。

『おいおいわかってなかったのか？　俺じゃなかったら斬れてねぇＺＯ！』

「アンデッドには魔法が効果的です！　お任せください！」

そう言ったのは、遅れて駆けつけてきた白い少女である。彼女はアンデッドたちに向けて次々と炎を放ち燃やし尽くしていった。

「相変わらず正確な魔法だね！」

「勇者様こそお見事です！　大丈夫ですか？」

「うん。僕は大丈夫」

奇襲は成功した。

勇者は高ぶった気分を落ち着けて、まだ他に敵がいないか注意深く探る。

終わったと思ったときが一番危ないのだ。

そのことを勇者に教えた人物も、すぐに勇者の前に姿を現す。

木の上がガサガサと揺れ、落ちてきた人影は地面にやわらかく着地した。

その頭には、ピコピコ動く猫耳があった。

「大丈夫。この辺りにはもうあの変なのはいないにゃ」

ネコミミはすでに周囲を見てきてくれたらしい。彼女からは戦闘時のピリリとした雰囲気は消えている。

「そうですか……。よかった」

そう言って胸をなで下ろす白い少女。続いて勇者も聖剣を下ろした。

それにしても……、とネコミミは勇者に歩み寄り、その頭を雑になでた。

「なかなか動きが速くにゃったけど、急に飛び出すのも速くなられちゃ、追いつくのに苦労するにゃ」

「ゴメン。でも後ろを守ってくれるとわかっているから、無理ができるんだよ」

それは嘘偽りのない勇者の本音だった。

ネコミミは少し驚き、こつんと勇者のおでこを突っついた。

「うにゃ。言うようににゃったにゃあーこいつー。まぁ私はこんなことくらいしか役に立てないもんにゃ」

「役に立つどころか！　いなきゃ困る！　今までだって何度も助けてもらってるのに！」

「……ほんとかにゃ？」

「本当！」

勇者が力強く断言すると、ネコミミは毛を逆立たせ、うれしそうに目を細める。そして勇者のツンツン頭をわしわしともみくちゃにした。

「にゃはは、ほんとに勇者はかわいい奴だにゃあ」

「か、かわいいはやめてよ」

「もちろん。勇者には強くもなってもらわないと困るにゃ？」

そう言ってネコミミは最後に勇者の頭をぽんぽんとなでる。頭をなでられすぎて勇者はふらふらになっていた。

ようやくそこで、勇者たちは助けた人をちゃんと確認することにした。

彼は、人間で年上の男の人だった。おそらく結構若く、二十代くらいのお兄さんである。

そばかす顔で、呆（ほう）けて口が開きっぱなし。どうやら現状がまだよく呑み込めていないらしい。

赤毛と大きな眼鏡が特徴的で、そして彼の服装は、知り合いの誰かを思わせるマント姿だった。

男は助かったことを理解すると、その場にへたり込んだ。

「えっと大丈夫ですか？」

「……あ、ありがとう」

勇者が話しかけると、男はハッとして礼を述べた。

ひとまず大丈夫そうだが、押さえている左肩の傷口は結構深いようで、指先まで血が滴っていた。

「傷を見せてください。わたくしが水の魔法で癒しますので」

「ああ、すまない」

白い少女は男に癒しの魔法をかける。

水の精霊による治癒は、普通の魔法よりもはるかに効力が高い。

実際に何度見せられても、精霊魔法は優秀だ。勇者がそう思っていると、すぐに血が止まり傷もおおよそふさがったようだ。

「はい。これで大丈夫だと思いますわ」

白い少女がぽんと男の肩を叩く。

男はふさがった傷と白い少女を何度も見比べていた。

「すごいな、こんなに効果がある魔法は初めて見たよ。……それで？　君たちは？」

ようやく落ち着きを取り戻した男は、勇者たちを怯えの入り混じった瞳で見回す。

彼にとって勇者たちはいきなり乱入してきただけの他人。得体がしれなくて当たり前だ。助けられたとはいえ、警戒しないわけはない。

それを察した勇者は、まず自分の素性を明かすことにした。

「僕は雨野……。勇者って呼ばれています」

こういう状況では、勇者の名前を出すと安心してくれる人も多い。

男は、何か納得しているようであった。

「勇者？　……へぇ、君が」

「ええ、といってもこんな子供では不安でしょうけど。少しは戦えます。僕があなたを守りますから安心してください」

男は探るように、勇者の顔をまじまじと見つめていた。

いきなり勇者ですと言われたのだから無理もない。この手の視線には勇者も慣れている。

しかし、男は笑みを見せて頷いた。

「いや、信用するよ。命の恩人なんだ。ありがとう」

こういうとき、決まって明るく割って入ってくるのは彼女だ。

案の定一際うれしそうな顔を見せる白い少女は、ものすごく得意げに、右手を胸にあてながら、
勇者について語りだした。

「そうですわ！　この方は魔王討伐のため、ヴァナリアより正式に任命された勇者です！　安心してくださいね！　この方は決して負けませんから！」

「いや、決して負けないってことはないですけど……」

そういうのは胡散臭くなるからやめてほしい。

話を大きくしすぎてしまうのは、彼女の悪癖（あくへき）である。さらに問題なのは、彼女自身そう信じきっているということだった。

「もう！　勇者様！　もっとどっしりと構えてください！」

「できればそうしたいんだけど、なかなか難しいなぁ」

自分の力を信じるというのは簡単ではないと最近気づかされたばかりなのだ。勇者がそう考えていると——。

男が勇者の手をガシリと握り、思い切りシェイクしだした。

そして唐突に助けを乞う。

「勇者の君にぜひ助けてほしいことがある！　礼ならば何でもさせてもらう！　だからお願いだ！」

そう言って頭を下げる男。

その弾む声には大きな期待が込められているようだったが、勇者は身構えてしまうのだった。

男の話によると、彼はこの近くにある村から逃げてきたらしい。

といっても彼はその村の村人ではなく魔法使いで、とある目的があって村にやってきたのだぞうだ。

「僕は研究員でもあってね。古代魔法学を専門にしている。村には遺跡の調査のために来たんだが、とんでもないことに巻き込まれてしまったんだ。本当に突然、村が魔獣に占拠されたんだ！」

魔獣と聞いて驚きながらも、白い少女が首をかしげて尋ねた。

「村が魔獣に占拠されたんですか？　いきなり？」

「そうだ。あいつらは突然現れた。村には青い炎をまとった魔獣の戦士が今もそこら中にうようよしているよ。君たちも見ただろう？　さっき僕を襲ってきた奴らだ」

「ええ……」

男の言葉に、勇者は曖昧に頷いた。

男の話す魔獣を勇者たちは確かに目撃した。

青い炎をまとった姿は、しっかりとした実体が常にぼやけて見えた。それはアンデッドと呼ばれる魔獣に見られる特徴だった。

ただ、だとしても腑に落ちないところがある。

それを確認するために、ひとまず勇者は白い少女に尋ねた。

「アンデッドについて何か知ってる？」

「はい、アンデッドは死んだ人間が変異した魔獣だといわれています。霧のように形のないゴーストや、腐った死体のまま動き出すゾンビ。骨のまま永遠に彷徨うスケルトン……、他にも様々な種類がいますが、基本的にあまり知能は高くありません。先ほど見た魔獣は確かにアンデッドの特徴を備えていると思います。見たところ人型でしたし、倒すと崩れるように消滅していました」

白い少女が言うように、アレはアンデッドの魔獣ということになるだろう。

しかし、通常アンデッドは決まった場所にしか出現しない。そうでない場合、特殊な状況であるということになるのだが……。

「……魔族の仕業でしょうか？　突然アンデッドが現れるなんて普通ないことですが……」

そう考察する白い少女に、男は頷いて言った。

「ああそうなんだ。だからすごく驚いたよ。こんなことがあるとは思わなかった……。ところで君は魔法使いなのかい？」

難しい顔で唸っていた白い少女だったが、魔法使いと言われてここぞとばかりに胸を張る。

「ふふん。ただの魔法使いではありませんわ！　神聖ヴァナリアに伝わる精霊魔法の使い手！　勇者パーティ最強の魔法担当とはわたくしのことです！　そこらの魔法使いなど巫女の一族に連なるわたくしに及ぶはずもありません！」

精霊魔法と聞いて、男は勇者のときよりむしろテンション高めに驚く。

「それはすごい！　精霊魔法を使う人に出会ったのは初めてだ！　精霊魔法は知識としては知っていたが、使い手が少ないからなぁ。いやぁすごい」

「え、えへへ。それほどでもありませんわ！」

照れる白い少女を、勇者は感心しながら見つめ、初めて出会った頃のことを、ふと思い出すのだった。

「勇者様！」

勇者が振り向くと、そこには自分より少しだけ年上の女の子がいた。

第一印象は、白い女の子である。

教皇様とはまた違う、真っ白なドレスを着ている、真っ白な女の子。

彼女はなぜか、その手に不釣合いなほど大きな剣を抱えていた。

「わたくしは、その……、貴方とともに魔王の討伐に旅立つことになりました！」

「えっと……、そうなの？」

「まだ、聞いていませんでしたか？　す、すみません！　唐突にこんなお話！　でも、わたくし勇者様と、早く……、その、お話がしたかったものですから」

たどたどしい口調でそんなことを言う白い少女。

何もかもわからなかったが、彼女が一生懸命なことだけは感じ取った勇者は、ひとまず剣についてて尋ねてみることにした。

「あの、その剣は……、どうしたの？」

すると白い少女は大げさに慌てて、剣を丸ごと勇者に差し出す。

「これは貴方の剣ですわ！　その、わたくしからではなく！　お姉様から……、いや、あの、教皇様から賜ったものです！　はい！」

「それが僕の……、剣？」

「はい！　我が国に伝わる聖剣です！　魔を断ち斬る、救国の剣ですわ！」

「聖剣って、それが？」

「は、はい！　手に取ってご覧になってください」

それはあまりに急すぎて、現実感のない話だった。

すべてがまるで夢の中の出来事のようで、言葉だけが上滑りしていくようだ。

しかし、勇者は剣を手に取ってみて、何かがはまったような感覚を得た。

そして鞘から刀身を引き抜いた瞬間、どんな言葉よりもずっしりとした現実感を覚えた。聖剣の持つプレッシャーが、ボヤッとした頭に強烈な印象を焼きつける。

だけど、白い少女がそのあと勇者に告げた言葉に比べたら、そんな印象さえ些細なことだったのかもしれない。

白い少女が口を開く。

「それは勇者のための剣です。どうかお願いします。勇者様、わたくしたちをお助けください」

「え？」

驚く勇者に、白い少女は跪く。

「私たちの生活は、今魔族に押し潰されようとしているのです。わたくしは、その脅威を打ち払うために、魔法の腕を磨いてまいりました。すべては使命を果たすために」

勇者はその懇願を受け、この世界に足をつけて歩むことを決心したのだった。

「あれ？　どうしました皆さん？」

なんとなく妙な空気になっていることを察して白い少女が首をかしげる。

勇者とネコミミは愛想笑いを浮かべた。

「いやー。なんでもないにゃ？　君の魔法はすごいにゃ」

「えーっと。うん、特に何もないよ？」

「なんですの、もう！」

拳を振って怒る白い少女。

勇者が何も言えずにいると、それがまた彼女を怒らせた。

「ま、まぁ落ち着いて」

そう言って止めたのは部外者の男である。

白い少女は小さくなって顔を真っ赤にした。

「あ、ごめんなさい。つい熱くなってしまって……」

「いや。ともかく聞いてくれ。事は急を要するが、幸い僕には村を救う手段がある」

そうまくし立てる男に、ネコミミが茶々を入れる。

「その割に返り討ちに遭ってたけどにゃあ」

「ちょっと！　貴女！」

白い少女が咎める。

そんなことを言うのは失礼だと、ネコミミに対して目を三角にする白い少女だったが、男は気にせずに続けた。

「いや、いいんだ……。確かに情けない。でも本当にあいつらを追い払う当てはあったんだよ」

「そうなんですか？」

勇者も何となく信じられず、思わず尋ねてしまった。

とはいえ、彼だけ逃げ出せたのには何か理由があったのかもしれないと考え直した。

「ああ、本当だよ。あまり信用はできないかもしれないだろうが、聞いてくれるだろうか？」

「ええ、もちろん。これから戦う相手のことですから」

身を乗り出して話を聞こうとする勇者を、白い少女は満足そうに、そしてネコミミは肩をすくめて見守る。

男は真剣な表情で続けた。

「ああ。じゃあ聞いてくれ。それは、おそらくあの村が襲われた原因でもあるんだが……」

「原因に心当たりがあるんですの？」

「ああ、古代魔法の調査によってわかったんだ。言ったろう？　僕の専門は古代魔法だって」

男は持っていた荷物から地図を取り出して、勇者たちに見せた。

そこには、いくつも赤丸が描いてあり、びっしりと日にちが書き込んであった。

「この赤丸がさっきの魔獣の出現した場所だ。このあたりは、昔からあの魔獣が現れていたらしい。魔獣の出現地点を追ううちに、この村を見つけたんだ」

そう言って男は、ある特殊な地点をとんとんと突（つ）いた。

「そして様々な文献と照らし合わせて、あるアイテムにたどり着いた」

「特殊なアイテムですか？　この村にそれが？」

勇者は、常識を外れたアイテムに不思議と縁があった。

今持っている聖剣や、物理攻撃をある程度無効化する鎧もその一つだ。

知り合いに一人、そんなアイテムを自由自在に作り出す規格外がいるが、そんな例外がそうそういるわけもない。

それはさておき、男の言葉に耳を傾ける。

「ああ、簡単に言うと、あの村にはアンデッドを祓（はら）うアイテムが存在するんだよ。おそらく魔獣たちの目的はそれだ」

「アンデッドを祓うアイテム？」

「そうさ。だが、あいつらはそのアイテムを見つけられないだろうね。知能はそう高くないようだし、何か結界のようなもので守られているらしいからな」

「結界ですか？　……もしそんなものに守られているのだとしたら、中にあるアイテムにも期待できるでしょうけど」

そう言って、白い少女は唸っている。

男の態度が真剣な中にもどこか楽しげに見えるのは、苦労してたどり着いた研究成果を披露しているからだろう。魔法使いと呼ばれている人に何度か出会ったことがある勇者は、学者に似た気質が彼らにも備わっていることを知っていた。

それにしても……、と勇者はそのアイテムの効果を聞いて純粋に驚いていた。もし言う通りのものがあるなら、村を救う方法になるだろう。

「なら、まだ逆転することはできるんですね？」

勇者がそう言うと、男は自信を持ってしっかりと頷いた。

「そういうことだよ。奴らが村に居座っていることが、そのアイテムがまだ健在だということを示している」

そのアイテムは確かにアンデッドにとって厄介だろうし、狙ってきてもおかしくはない。

「あとはどうやって、あの魔獣より先にそれを手に入れることができるか、それが問題なんだ」

「本当なのかにゃ？　そんな簡単にうまく行くかにゃあ」

それは勇者も同感だった。

もし失敗すればさっきの魔獣に取り囲まれることになる。

数体ならどうにかなっても、もっとたくさん相手にしなければならないとなればどうなるかわからない。

勇者は男に尋ねた。

「村のどこにアイテムがあるのか、貴方は知っているんですか？」

「ああ。すでに村の神殿で見ているんだ。だからこそ、僕にもあいつらの目を盗んで、アイテムにたどり着くくらいはできると思っていたんだけれど……」

「失敗してしまったんですのね」

白い少女は気の毒そうにそう言って、男の傷跡を見る。

結果どうなったかは、出会ったときの状況を見れば明らかだ。

男は自分の傷に触れて、唇を噛みしめた。

「そういうことさ。くやしいよ……。でも君たちなら、きっとあいつらを突破できるはずだ」

期待されていた。勇者にとってそれは、割といつものことだ。

拒むつもりのない彼は静かに頷くと、仲間たちもまた同じように頷いた。

白い少女が確認を取るように尋ねる。

「そのアイテムの使い方はわかるんですの？」

「大丈夫だ。少し特殊な手順が必要だが調べてある。かなり専門的なものだから、僕でないと動かせないだろう」

続いて、ネコミミが男に聞いた。

「……まぁ、それで最初あんただけで、成功する見込みはどれくらいだったのにゃ？」

「あいつらは動きは速くない。あのときはまだ数も少なかったし、そうだな……、七割くらいは成功の見込みはあった。だが、村にはもうすでに相当数の魔獣が集まってきている。数はこの先も増え続けるだろう」

状況はそれほど平易なものではないらしい。しかし、今大事なのはどうやったら村を救えるのかというその一点だ。

「あんたは戦力に数えてもいいのかにゃ？」

その質問に、男は即答しなかった。

「……いや、どうだろうな……。僕は魔法使いだが、君らのように戦闘向きじゃないから」

「だろうにゃあ。魔法使いと呼ぶには、あんたは魔力が少なすぎるにゃ」

「……」

ネコミミにそう言われた瞬間、男の顔が一瞬くしゃりと歪(ゆが)んだ。

「そう……、だろうな。だから僕は研究者として魔法陣の研究を続けているんだからね。本当に悔しいよ、僕にも君のような力があったらよかったんだけど」

男はそう言うと、本当に無念そうにしていた。

男の自分たちに向ける視線に妙な力がこもっている気がして、勇者は一瞬ひるんでしまった。

だが、彼の気持ちはよくわかる。自分の力がまったく及ばないと知れば、どれほど悔しいか。勇者には、それがありありと理解できた。

「力か。……でも力があったって役に立つかわかりません」

ポツリとそんな台詞が口をついて出てしまったのは、ほとんど無意識だった。

それは、最近得た教訓だ。

だが、勇者はすぐ後悔する。今ここで言うべきでなかった。

白い少女は心配そうな表情で、そしてネコミミは驚きの表情で勇者を見ていた。

「勇者様……」

「うにゃあ」

「いや、その……」

男はキョトンとして勇者の顔をじっと見て、少しだけばつが悪そうにすると、こんなことを言った。

「すまない。僕が変なことを言ったからだね。中途半端な力じゃ意味がない、そうかもしれないけど。でも、誰でもいつも万全に事に当たれるわけではないはずだ。だから、僕たちはその中途半端な力で何かをするしかない。僕は……、そう思うけど」

「あ……、その」

「君の力はとても強いよ。勇者なんだろ？」

勇者は、見つめてくる彼の視線から思わず目をそらした。

彼の言葉に、勇者は一瞬どきりとしたのだ。

不意を突かれたというか、後ろめたいというか、とにかく居心地が悪い。

ただ、同時にとても力が湧いてきた。

気がつくと勇者は、彼の手を強く握っていた。

「……そうですよね。ともかく僕たちはそのアイテムがあるという場所まで貴方を連れて行けばいいんですね？」

勇者の言葉に力がこもる。

勇者は、自分の単純さに笑ってしまいそうになった。

「ああ！　それで村は救われる！」

「任せてください。必ず僕たちが貴方を守り抜いてみせます」

だから勇者は男に宣言した。

救わなくてはならない。

強いかどうかは関係ない。誰かを救うことこそ、勇者の存在意義なのだから。

勇者は、自分の胸をできる限り力強く叩いた。すると、ガンッと鎧の音が響く。

「なんだかうれしそうにゃね」

「そ、そうかな？」

「はい。そんな顔をしていますよ？」

ネコミミは、勇者の頬をつまんでそう指摘する。白い少女はうれしそうに微笑んでいた。

気恥ずかしくなった勇者は慌てて自分の顔を手のひらで隠した。


事態は急を要した。

あの正体不明の魔獣たちが村を襲ったタイミングがなぜ今だったのかはいまだ不明だが、男の話では、魔獣は猛烈な速さで増え続けているという。

村へたどり着いた勇者一行は、話に聞いていた以上に凄惨な現実を突きつけられた。

「な、なんだこれ……」

「村が青い……。この数はシャレにならんにゃ」

「見てください……。村の人が倒れてる？」

「襲われていない？　いや襲われてしまったあとなのか……」

白い少女が人を見つけて指を差すが、全員が倒れていてその場から動けないように見える。

よく見ればところどころに人が転がっていて、いい予感はしない。

今までも戦場には行ったことがあったが、これほどの光景は初めてだった。

周囲は青い炎で埋め尽くされているが、燃えているわけではない。炎をまとった魔獣は村中に広がり、今にも溢れ出さんとしているのだ。

男は村の建物のおおよその配置を確認して、目的地を指差した。

「この村の中心に、アイテムを祭った神殿があるんだ」

男が指し示す先には、確かに大きな建物が見える。神殿らしい石の建物で、彼の言う通り村の中心に位置していた。

白い少女が顔を顰めて指摘する。

「その中にアイテムがあるんですわね？　でも、この数になるとわたくしの魔法でも殲滅は難しいでしょう。それでも進む道くらいは作ってみせます」

「急ごう。時間がないのは見ての通りだ」

もはや村全体が青い炎に包まれており、悠長に構えていられないというのは、その通りらしかった。

魔獣の放つ青い炎はただの炎とは違うようだが、どんな効果があるのか未知数だ。

勇者はごくりと生唾を呑み込んで覚悟を決める。

ネコミミはあきらめたように首を振った。

「そうだにゃ……。じゃあ、私もさっそく道を開くかにゃ！」

「うん！　頼りにしてる！」

「にゃはは。まぁ、死なない程度にやってやるにゃ！」

そう答えて勇者にウインクを残すと、ネコミミは目にも留まらないスピードで飛び出した。

すぐさま入り口付近にいた魔獣に狙いをつけて、ネコミミは加速する。

そして、死角から地面をすべるようにアンデッドに接近すると、火花を散らせた。

一息に刈り取った首は三つ。ほぼ同時に飛ばされた。

「にゃおん」

くるくるとダンスのように回転するネコミミが、仕留めた数を数えながら鳴く。

まったく目で追えていなかった男は、思わず息を漏らした。

「は、速い……。なぜあんな簡単にアンデッドが斬れるんだい？　まさかあの人が持っているのも聖剣？」

勇者は首を横に振る。

そう思うのも無理はないが、ネコミミの剣は正真正銘、ただの短剣である。

「違いますよ。短剣に薄く魔法の風をまとわせてるんです。難しいんですよ」

勇者がネコミミから教えられた戦闘技術の中には、魔法剣と呼ばれるものがある。

それは、本来遠距離攻撃として使う攻撃魔法を、武器にまとわせて使う技術だ。

魔法の威力自体は落ちるが、無駄な放出が減って貫通力ははるかに増す。少ない魔力で殺傷能力を上げる技術だと、勇者はネコミミから教わっていた。

勇者も練習をしていたが、まだ一度もまともに成功したことがない。

そんな魔法剣の名手であるネコミミは、それを用いてアンデッドを無力化したのであった。

続くのは、勇者パーティの魔法担当だ。

白い少女の周囲に精霊の力が集まっていく。

精霊たちは白い少女の魔力を喰らい、契約に基づいてその力を発現させた。

「わたくしも道を開きます！　勇者様はその方と一緒に神殿まで急いでください！」

「わかった！」

「よろしく頼むよ！」

作戦は単純だ。

道がないなら作ればいい。

勇者のパーティは、そのために捨石（すていし）になるというわけである。

「精霊よ……。不浄なる者を焼き清めなさい！」

白い少女の言葉と魔力に反応して、業火（ごうか）が地の底から噴き出す。

炎は生き物のように動き、アンデッドだけを絡め取って逆巻（さかま）いた。

そして、神殿までの道を遮（さえぎ）るアンデッドを一体も残さず燃やし尽くす。

二人が切り開いた道を、一気に勇者と男は走り抜けた。

男は、精霊魔法の威力を目の当たりにして興奮していた。

「……すごいな。人間は傷つけずに、アンデッドだけを消し去るなんて！」

「彼女に任せておけばここは安心です……。行きましょう。僕らも立ち止まってはいられない」

「ああ！　急ごう！」

勇者が先陣を切って邪魔な魔獣を斬り捨てていく。

このまま走り抜ければ、神殿までたいした距離ではない。

勇者と男の二人は神殿の入り口までたどり着く。

神殿は、村には不釣り合いなほどに大きなドーム状の建物だった。

至るところに女神像があり、普段であれば、神聖さを感じる建物だっただろう。

しかし今では、正体不明の魔獣に群がられて青く燃え上がっており、神聖さとは正反対のオドロオドロしさを漂わせていた。

勇者は建物の前面に張りつく魔獣すべてに狙いをつけると、炎の魔法に魔力を通した。

魔法が命中し、邪魔な魔獣を焼き尽くす。そのまま入口に張りつくように立った二人は、一旦息を整えた。

それだけのことを顔色一つ変えずにやってのけた勇者を前に、男は表情を引きつらせる。

「き、君もやるなぁ……」

「でも、一時しのぎですよ。中は、もっとひどいでしょうね」

「……そうだろうな」

勇者は傍らにいる男に確認した。

「息を落ち着かせたら、一気に目的のアイテムまで斬り込みます。僕を信じて走ってください」

ここから先は、男の記憶と思い切りが大切だ。

勇者は男を信じて、ただ彼を守るために剣を振るわなければならない。そして男はためらわずに一気に駆け抜けなければ、たどり着けないだろう。

「……わかった。……それにしても、すごいな。さすが勇者だ」

半笑いでそう呟く男に、勇者は言った。

「そんなにたいしたものじゃないですよ」

「いや、そんなことはない。君たちを見ていると、選ばれし者と自分との差を感じるよ」

今さら弱音をこぼす男に、勇者は自分の姿を重ねた。

それは、ほんの少し前の自分自身だった。

そんなとき、自分はどうしてほしかったか。勇気を奮い立たせる一言を言ってもらえたら、きっとそれは特別だと勇者は思った。

「……そんなことありません。今は僕らの力でできることをしましょう。貴方の力がないとこの村は救えない、そうでしょう？」

「……ああ」

神殿を睨むように見る男の目に力が戻る。

「貴方も十分勇者です」

勇者は聞こえないくらいの小声で、小さくそう呟いた。

二人の呼吸が落ち着きを取り戻していく。

勇者は深く息を吸い込み、そして息を止める。

「さあ行くぞ！」

そう言って男は神殿の扉を押し開ける。

勇者が神殿の中に飛び込むと、その目に青い炎で染まる光景が映し出された。

（うっ！）

構えた聖剣エーリュシオンの声が、恐怖にすくんだ勇者の足を一歩動かす。

『ひるむな！　行け！』

「……ふっ！」

刀身に力と魔力を込めると、ジリリと大気が擦れる音がした。

身体を目いっぱいねじり、神殿内に躍り込んだ勇者は刃を全力で振り回す。

「伸びろ！　エーリュシオン！」

キュンと甲高い音がして、光の刃は神殿を横に一閃する。

目の前を走る男をぎりぎり掠めて、群がっていた魔獣をまとめて薙ぎ払った。

青い炎が散ったその先に――。

「よし！」

――ついに道は開いた。

「うわあああああ！」

叫び声を上げて力いっぱい手を振って走る男が勇者の視界に映る。

勇者の思考がシンプルに、そして研ぎ澄まされていく。

肉体を魔法で強化し、限界のちょっと上まで引き出す。そうすることで勇者の動きは人間を超越する。

勇者は男を追い抜くと、新たに現れた敵に斬りかかった。

さらに数体倒すことはできたが、タイミング的にまだ敵は現れるだろう。

それでもこのまま行けば、男は確実に祭壇に到達できそうだ。

勇者の目にも、祭壇の上にある宝石のついた杖が確認できた。これではっきりと目標が定まった。

だが、ここで予想していなかった強敵が出現する。

「！」

突然、床より噴出した青い火柱から、そいつは現れた。

今まで出てきた青い炎の魔獣より明らかに大きく、頑強そうな鎧騎士である。

しかし勇者は、ためらうことなく湧いて出た一体に斬りかかる。

刃は今までどおり、敵を両断するはずだった。

ガツンと大きな音が響く。

その衝撃が周囲に伝わり、床に亀裂を入れたが、目標は健在だった。

「な！」

『雑魚(ざこ)ばかりじゃなかったみたいＤＡＮＡ！』

本気で振り下ろしたはずのエーリュシオンの刃は、受け止められていた。

鎧のまとう炎はより深く青く、そして大きい。

敵の力は、肉体強化で上げたはずの腕力に確実に拮抗(きっこう)している。

睨み合う勇者と魔獣。

のっぺりとした顔に三日月のように裂けた口が開き、魔獣が威嚇してきた。

「キシャア！」

「うわ！」

とんでもない力で押し返され、勇者はたたらを踏む。

しかしそれと同時に、勇者は水の魔法を叩き込んだ。

目の前で水の固まりが炸裂する。

「どうだ！」

水の中から飛び出した勇者は、濡れた前髪を息で吹き上げ、そいつを確認した。

これはかなり効いたようで、魔獣は爆発的な水圧にさらされて建物の外壁まで吹っ飛んで、それでようやく魔獣は消滅していった。

「……パワーがほとんど互角だった」

何とか退けたが危なかった。

『お前、見かけによらずパワータイプなのにNA。受け止められる奴はそうはいないZE？』

「こんなのがたくさん出てきたらやばい」

『ああ！　そうなる前に片付けNA！』

「ああもちろんだ！　エーリュシオン！　まだいけるよね！」

『おうYO！』

見たところ、男の進路上、邪魔なのはあと一体。

目的の祭壇はあと少し。

勇者は歯を食いしばり、あと少し道を開くために炎の魔法を使おうと考えた。

炎の魔法を使えば、今もたついた分の距離は埋められる。

それに、魔法のほうがより致命的なダメージを与えられるのは、先ほど証明された。

だがそれを実行しようとしていたところで、勇者は魔獣の中に倒れた人を見つけてしまった。

「うっ……！」

それはちょうど魔獣たちに隠れて見えなかった床の上。

位置が最悪で、祭壇のすぐそばである。

組み立てていた作戦が崩れる。

魔法を慌てて引っ込めたことで、勇者の動作は一瞬遅れてしまった。

男に迫る魔獣が見える。すぐさま勇者は別の一手を無理やり実行した。

「エーリュシオン！　投げる！」

『うそＤＡＲＯ！』

力の限り、そして魔力をかなり付加し、投擲する。

矢のように飛んだエーリュシオンが男に立ちふさがった魔獣の上半身を粉砕したのは、一秒にも満たない刹那の間だ。

エーリュシオンが最後の一体を貫通したのを確認。壁に縫いとめられ、そのまま霧散するのを目視する。

これでアイテムまでの障害は消えた。

「よし！」

『よしじゃねぇＹＯ！』

エーリュシオンの抗議は一応聞こえたが、今は構っている場合じゃない。

勇者はそのまま転がって、倒れている人を抱き抱えた。

安全を確保。同時に先ほど用意していた炎の魔法を勇者に殺到してきた他の魔獣たちに炸裂させる。

「喰らえ！」

赤い炎が、勇者と倒れていた人の周囲を吹き飛ばした。

かなりの数の魔獣が爆炎の中に姿を消していく。

「やった！　貴女、大丈夫ですか！」

「う……、うう」

そして、自分が抱きかかえた人物の安否(あんぴ)を確認する。

彼女は、神官服を着た女性だった。

苦しそうにしていたが、一連の衝撃で意識を取り戻したらしい。

神官は勇者の腕の中でしばらく視線を彷徨(さまよ)わせて祭壇のほうを向くと、大きく目を見開いた。そして、手を伸ばして叫んだ。

「そいつを止め……、ろ！」

「え？」

意味不明だった。

だが、彼女は真剣である。その死に物狂いな様(さま)は勇者を不安にさせた。

次の一言が、勇者に生まれたその不安をさらに決定的にする。

「意識が戻ったか……。でも遅い」

無事たどり着いた男は、そこにあった杖を手に取り――。

「僕の勝ちだ」

誰に向かって言ったのかわからないが、そう呟いたのを勇者は確かに聞いた。

「えぇ！」

男が手に取った瞬間、杖が光り輝く。

青白い光が、一瞬で神殿の中を埋め尽くした。

『こいつはやベーYO！　爆発するZO！』

エーリュシオンの叫ぶ声が聞こえる前に、勇者はすでに動いていた。

しかし、青い炎は建物全体に溢れ出そうとする。

「……くそ！」

とっさに勇者は、神官を抱きかかえたまま跳ぶ。

全力の、着地さえ考えていない跳躍で、扉を吹き飛ばして建物の外まで転がり出るやいなや、それを追うように神殿は爆発した。

からからと瓦礫(がれき)が飛んでくる。勇者は全身に痛みを覚えながら身体を起こした。

「な、なんだいったい……」

爆発は相当なものだった。

頑強そうに見えた石の神殿がきれいに吹き飛んでいた。

崩れた神殿が青白く照らし出され、中に人影が揺れている。

勇者は目を凝らす。

そしてその中心にいた、杖を携えた男をはっきりと見た。

「貴方が……なんで？」

彼はあの爆発の中で、傷一つなく立っていた。

そして何を思ったのか、男は勇者に向かって優雅に頭を下げた。

「勇者君ありがとう……。君のおかげで僕はこの祭壇にたどり着くことができた。厄介だったんだ、あの兵隊どもが」

「な、何を言っているんですか？」

勇者は訳がわからず、男に尋ねた。

すると男は、今までとはまるで違う冷め切った視線を向け、わざとらしく肩をすくめる。

「おや？　まだわかっていないのかい？　これだから魔力に恵まれた奴は……、頭のめぐりが悪い」

男は杖を振る。

杖には複雑な光の模様が絡みついていたが、その光は周囲の青い炎に伝わると、形を変えていった。

「こいつらは兵隊なんだ。今まではここを守るために動いてたのさ。自分たちの封印を解いた者から自分を守るためにね。でも今は、僕を守るために動いている」

今までとは別人のような笑みを浮かべてそう言う男に、勇者の背筋は凍りつく。

助けた神官が勇者に語りだす。

「あいつは……、古(いにしえ)の魔法を復活させた大罪人だ。神殿に忍び込み、あの杖を目覚めさせてしまった。あの杖は周囲の生き物から魔力を吸い取って、絶対服従の兵隊を無限に作り出す……。下手をすれば世界が滅びるぞ……」

「まさか……」

あまりにも突飛(とっぴ)な話に、勇者は付いていけない。

だが、渦中(かちゅう)の人物である男自身が、じきじきに解説しだす。

「さすが神官、こいつの魔法を知っていたのか。苦労したんだけどね、古文書を解読するのは。だが僕はやってみせた……。誤算だったのは、この杖には厄介なトラップが仕掛けてあったことだ。目覚めさせた者からこの杖を守る、という厄介な魔法がね。僕が杖の封印を解くと、この杖は自らの魔法を使って兵隊を作り出したんだ」

「基本的に狙うのは目覚めさせた者だけ。それで……、村の人たちは倒れているだけで襲われていなかったのか……」

封印を解いただけで結果失敗した男は追い詰められていた。そこに自分たちがたまたま出くわしたということらしい。

タイミング的には最悪だ。

ここでようやく、勇者は自分がまんまと利用されたのだと気がついた。

男は勇者を見下しながら返答する。

「そういうことだ」

「……」

青い炎が男を包んで燃え上がっていくと同時に、勇者は微かな虚脱感を覚えた。

「これは……、身体がおかしい？」

徐々に魔力が削られていく。

炎が勇者の力を吸い込み、新たな兵隊を次々と生み出しているのだ。

一息のうちに、勇者と男の間には青い炎の壁が出来上がり、そのすべてが兵隊へと姿を変えていった。

男は興奮して叫んだ。

「喜んでくれよ！　勇者君！　今僕は究極の魔法使いになったんだ！」

「うっ！」

兵たちは、新しく生まれた主（あるじ）を守るべく、立ちふさがる。

先ほど無限に作り出せると言っていたが、それはあながち比喩ではないのかもしれない。

自分の魔力を使わずに、周囲から得られるのだから、無限といっても過言ではなさそうだ。

自分たちが仕出かした過ちの大きさに気がついて、勇者は立ちすくんだ。

腕の中の神官は愕然とする勇者をじっと見ていた。そして悲しげに目を閉じ、勇者に弱々しく言った。

「こうなったらもうどうしようもない。すぐに……、逃げなさい。まだ動けるうちに……。早く」

「そんな！」

「君のような子供が……、渡り合える相手じゃない。他に……、アレをどうにかできる者がきっといる……。だから」

神官はそう言い残すと、とうとう意識を失った。

「……」

勇者はだらりと力を失った神官を腕に抱えたまま黙り込む。

男はそんな勇者の姿を見て、口元を押さえてクスクスと笑った。

「君たちがいなかったら、最初のトラップで僕はあの世行きだった……。よくやってくれたよ。本当にね」

男は杖を手のひらでもてあそび、勇者に突きつける。

「……じゃあ最後にもう一回役に立ってくれるかい？　この力の実験台として」

「……」

勇者は動けない。

男のその一言で、青い炎の兵隊は雄叫びを上げ、勇者へ襲いかかっていった。

異変は村全体で起こっていた。

「な、なんなんだにゃ！」

ネコミミは倒したはずの魔獣に取り囲まれていた。

背中越しに立つ白い少女も、突如活性化した魔獣たちに尋常でないものを感じていた。

「……周囲の精霊が悲鳴を上げてる。魔力がどこかへ吸い上げられているんです」

「植物も枯れてるにゃ！」

「それだけではありません……。見てください、家の木材や藁（わら）すら朽（く）ちていく」

「にゃはは……、これはやばいんじゃないかにゃあ」

そう言うネコミミや白い少女自身も、急に疲労を感じるようになっていた。

「ううう……」

周囲に倒れている人たちもまた苦しげにうめき始める。

状況は、精霊に調べさせるまでもなく明白だった。白い少女は唇を噛んで呟く。

「人間からも……、魔力が抜けているようですね」

「こりゃあ、ゆっくりしてもいられにゃいみたいだにゃあ。吸い取られた魔力がどこへ向かってるのかわかるかにゃ？」

「……おそらく、あちらのほう」

「やっぱりにゃあ」

白い少女が指し示した方向は、神殿がある場所とぴたりと一致する。

ネコミミはナイフの柄でぽりぽりと頭をかいた。

「まぁ、なんかあったと見るのが自然かにゃ？」

「そうですわね……。勇者様、どうかご無事で」

周囲の魔力を奪い、青い炎の魔獣は力を増していく。

戦いはまだ始まったばかりだった。


「あははは！　壮観だな！　空が青いぞ勇者君！」

男は腹の底から笑い声を上げて、青く染まった雲を見上げる。

彼の周囲には、先ほど勇者を苦戦させた騎士型の兵隊が次々に生まれ出て、勇者との間に立ちふさがっている。

目の前で起きている光景が信じられずに、勇者は男に尋ねた。

「なんで、こんなことを……？」

「決まっている。力が欲しかったからだよ！」

男は生き生きと弾んだ声でそう言って、周囲の青い炎を操ってみせた。

炎はゆっくりとその範囲を広げ、炎が通り過ぎた地面は砂になって崩れていく。

「こいつは、生きとし生けるものすべてから魔力を奪うのさ。そして無尽蔵に兵隊を増やしていく。わかるかい？　僕は立っているだけで、相手を弱らせることも戦力を増やし続けることもできるわけだ！」

「そんなものが力だって言うんですか？」

勇者は納得いかずに男に問うが、男は狂ったように大声で答えた。

「ああそうだとも！　これが力だよ！　僕が欲してやまなかった力だ！　この力の前では、そこらの魔法使いなんて取るに足らない！」

「他人のものを奪って傷つけて！　そんなのが魔法使いだって言うんですか！　僕の知ってる魔法使いは……、もっと！」

そう言いかけて、勇者は止まる。

男は勇者を見て困惑を浮かべ、両手を大きく広げた。

「魔法使いはね……、大きな魔力を持っていなければ、クズなんだ。いくら魔法の研究をしようが、認められない。君たちみたいな恵まれた人間には、わからないことだろうがね！」

男は杖を掲げる。

そして、集まってくる魔力を杖に注ぎ続ける。

「だが、この力の前ではすべてが覆る！　巨大な魔力を持っていることに胡坐をかいた人間が、この僕にひれ伏す……。最高の気分だよ！」

男は、手に入れた力に完全に酔っていた。

そんな姿に勇者は違和感を覚える。

大きな魔力も、高度な魔法も彼は手にしている。だが、今目の前にいる男を魔法使いだとは思えなかったのだ。

「そんなの、間違ってる……」

「正しいか間違っているかはどうでもいい。力こそが正義なんだから！」

杖を高く掲げる男を包み込むように、青い炎が燃え上がり、男の身体を持ち上げていく。

やがて炎は形を成してゆき、それが大きな手のひらになっていく。

さらに周囲に、翼を生やした悪魔型の兵隊が出現し、勇者を取り囲む。

勇者はその場に神官を横たえると、一人進み出た。

「……」

「どうした？　さすがの勇者様もあまりの戦力差に降参か？　ハハ！　いいだろう、命乞いをすれば命だけは助けてあげようか！」

杖を突きつける男に、勇者は下を向いたまま質問を投げかける。

「……僕たちは中途半端な力しか持っていなくても、それで何とかするしかないって言ってましたが、あれって本心でしたか？」

「ああ、本心だよ、だからこそ僕はこの力を手に入れた」

男は答える。

勇者は顔を上げて、男の顔を見た。

「……あれ、結構納得したんですよ。本当にそうだなって。僕はあなたが言うほど強くない。勇者なんて言ったって勝てない相手は山ほどいるんです。でも、僕には弱くてもやらなきゃいけないことがある」

勇者は、あの瞬間、男の言葉に本当に勇気づけられた。

同じ台詞を発した人に、こんな一面があるなんて気がついてはいなかったが、あの言葉も、目の前にいる男の本音であることに違いはない。

だから勇者は続けた。

頭をよぎるのは、困難をともにしている仲間たちの顔だった。

「僕の仲間は、夜中に一人で魔法の特訓してるんです……」

「？」

「それに、どんなに疲れていても僕の特訓に付き合ってくれる」

「……だから？」

男は不快そうな顔で勇者を煽る。

「だから、無力さを感じているのは僕だけじゃない。みんな、前に進もうとあがいてる。僕の力で彼女たちを助けられる保証なんてどこにもない。だけど、それでも、僕はみんなを助けたいから勇者をやってるんだ！」

そして僕の仲間も、そう考えてると信じてる。

勇者は拳を握りしめ、それを男に向けた。

「……だからどうした！」

男の表情が歪む。

勇者にはその顔が苦しげに見えた。

「あなたはその力で、何をするつもりなんですか？」

「さぁね……。そんなもの、あとからいくらでも考えつくだろうさ！　無力な君をひねり潰してからね！」

男がそう叫ぶと、悪魔型の兵士たちが勇者に迫った。

生み出されたそいつらは、神殿の中で戦った魔獣より大きい。

おそらくはパワーも勇者を上回っているだろう。

だが、勇者は一歩も引かず、まっすぐ男を見据えた。

その瞳には確かな闘志がこもっている。

「僕は……、無力じゃない」

勇者は炎の兵の攻撃をかわし、拳を叩き込んだ。

魔力のこもった拳は、炎の巨体を吹き飛ばした。

「な！」

驚愕する男に向かって勇者はまた一歩、歩を進める。

そして彼を睨みつけ、言い放った。

「僕は無力なんかじゃない！　僕はどんな敵にだって立ち向かう！　僕はまだ！　立ち止まれない！」

全方位に炎が炸裂する。それは、勇者の放った魔法だった。

主を得た青い炎の兵隊たちは、先ほどとは比べものにならないほど強くなっている。

今の魔法でさえ、致命傷を与えられておらず、その身体の炎も衰えていない。

それでも勇者は、男との距離を詰めるべく歩みを止めない。

その姿に、男は恐怖を感じた。

『よく言った！』

そのとき声が響き、神殿の残骸から猛烈な勢いで何かが飛び出してくる。

上空で方向転換したその物体は、勇者の目の前に突き立った。

「！」

勇者は飛んできたそれの名前を口にする。

「エーリュシオン！」

『よう！　待たせたＮＡ！』

自分の相棒である剣が、いつもの調子で軽口を叩く。

勇者もまた、軽い調子で答えた。

「自分で飛べたんだね」

『おうとも、だけど滅多にやらねぇとっておきＤＡ！』

勇者はエーリュシオンを掴み、引き抜く。

エーリュシオンが勇者に問う。

『やる気はまだ残ってんだＮＡ？』

「うん。今、彼の暴走を止められるのは僕しかいない。力を貸してくれる？」

『おう！　任せろ。俺はお前の剣なんだ。お前が望むなら、いくらだって切り開いてやるＳＡ！』

「うん！」

調子を取り戻した勇者を前にして、男はぶるぶると震え、杖を力いっぱい振り回す。

「……ふん。兵隊を少し斬り倒したくらいでいい気になっているんじゃない！」

血相を変えた男が叫び、さらなる悪魔が召喚される。

「状況は何も変わっていないぞ！　たかが一本、剣があったからって何だって言うんだ！」

状況は、男の言う通り絶望的なままだった。

勇者はしかし、際限なく生まれる兵隊を見てこう思った。

無限に増えるのなら、今ここで止めることができなければ、きっと大変なことになる。

だからますます、今ここで止まるわけにはいかない。

『なんか策はあんの？』

そう問うエーリュシオンに、勇者は頷く。

「……魔力を込めて殴ってみたけど効果はいまいちだった。魔法をぶつけても一撃で仕留めるのは今の僕じゃ相当魔力の無駄になりそうだ」

『それで？』

「考えてるのはそこまで！　特になし！　だけど君と僕となら何とかできる！　……今ある力でやるしかない！」

『ああ！　違いねぇ！』

エーリュシオンの刀身が白く光り輝き始める。

「何であきらめない！　無駄だとわからないのか！」

「無駄じゃない」

「無限の兵士だぞ？　普通に考えて勝てるわけがないだろう⁉」

「兵隊を出すなら好きなだけ出せばいい。それでも僕と貴方の間にいる兵隊の数なんてたかが知れてる」

「……！」

敵は強いし、数は多い。それでも自分なら一息に飛び越えられる。

「だったら、そこまで全力で飛ぶだけだ！」

「やってみろよ！」

エーリュシオンは、室内よりも外のほうがよく伸びる。

掲げた刃は伸び、硬く鋭い刃を形成する。

「はぁあああ！」

勇者はまっすぐ最短距離で、男に突っ込んだ。

正面から覆いかぶさってくる敵をバターのように頭から叩き割り、続いて襲ってきた爪を腕ごと弾いて蹴り飛ばす。

目の前に迫った青い炎を低くしゃがんでかわし、噛みつこうとしてきた相手の頭を押さえ込んで、——踏み台にした。

そして、高く跳躍。

勇者は、男の姿を捉えた。

男の表情は歪み、勇者を睨みつけている。

「……！　来るな！　僕はこの世界を、僕の炎で埋め尽くすんだ！」

男を持ち上げていた炎の手から反対の手が伸びてきて、勇者に迫る。

それは形も曖昧なまま、勇者に青い炎の拳を振り下ろす。

勇者は腕を受け止めるとさらなる魔力を流し込んだ。二つの魔力は拮抗していた。

「……そんなことをしたらこの世界がおかしくなる！　それでいいんですか！」

炎と光の刀身がぶつかり合い、そして、炎の手に致命的な亀裂が入る。

膨れ上がった魔力が、お互いを弾き飛ばした。

「そうだ、壊れてしまえばいい！　こんな世界！」

勇者は、落下する中、男の叫びを確かに聞いた。

炎は崩れ、二人は落ちていく。

「……！」

男の言葉を聞いた勇者は、なんとなくわかった気がした。

彼もまた、もがいているのだと。

でも、そうしているのがつらいから、こんな方法に手を出したのだ。

だけど、このまま放っておいたら誰も救われない。

「そんなの！　ダメだ！」

勇者がそう叫んだ瞬間、男の杖に青白い炎が灯る。すると、巨大な青い炎の腕が伸びてきて、勇者を巻き込もうとする。

勇者にはもう聖剣を操れるだけの魔力が残っていなかった。

今にも炎が勇者の身体を包もうかという瞬間、勇者はあらん限りの力を振り絞って残った魔力を集中させた。

勇者が発した炎は聖剣を覆い、刃となってまっすぐに繰り出される。

「力がなくても関係ない！　僕は勇者だ！」

そう叫びながら勇者は、赤く燃え上がる剣で貫いた。


カランと地面に落ちたのは、砕かれた杖だった。

「あ、ああ……、僕の力が！」

地面に落ち、破壊された杖を見つけた男は蹲る。

そして勇者を睨みつけて言った。

「ば、化け物め……！」

だが、勇者は彼の憎しみのこもった視線をしっかりと受け止めて言い返す。

「もしそう思うのならそれは貴方が今なろうとしていたものだ。僕にはあの杖を使っているときの貴方は魔法使いには見えなかったんだ」

「……」

そう言われたとたん、男は固まってしまった。そして愕然とした表情のまま動かなくなる。

勇者は押し寄せてきた疲労感に耐えながら、ひとまずがんばってくれた聖剣をねぎらった。

「ありがとう、エーリュシオン。君が来てくれなかったら本当に危なかった」

『気にすんなＹＯ』

「うん」

そうして勇者は思い切り息を吸い込むと、深呼吸して男に向き直った。

静かに涙を流して項垂(うなだ)れている男に、勇者は手を差し出す。

「大人がこんな世界壊れてしまえ……、なんて言わないでよ。今この世界に生きてる人しか、この世界をもっとよくできないんだから」

「……」

男は顔を上げることはなかった。そして、しばらく砕けたアイテムに目をやったあと、ゆっくりと呟く。

「……そうだな。その通りだ。でも僕は……、自分では変えられなかったんだ」

そして、差し出された勇者の手を取らずに思い切り突き飛ばす。

「！」

その瞬間、勇者は何が起こったのか見た。

男の身体に無数のひびが入り、傷口からは青い炎が漏れ出していたのだ。

「……それは」

勇者が震えた声を出す。

すると男は勇者に笑いかけ、ポロポロと崩れる自分の身体を見つめながら首を静かに振る。

「アイテムが暴走したみたいだ。どうやら身の丈を超えた魔力を使いすぎたようだね。このままでは面倒なことになりそうだが、……だけど大丈夫。僕が何とかするよ」

「！　いったい何を！」

男の身体は崩れ始めていて、もうどうしようもないラインを越えているのが勇者にもわかった。

なのに、男は穏やかな表情で空を見上げている。

「何、僕が集まった魔力を制御するだけさ。これでも魔法使いを名乗ってるんだ。青い炎とつながっていた僕なら……、少しは被害を少なくできる」

「そんな！　ダメだ！」

だが、その結果どうなるかは、明らかだった。

止めようとする勇者に、男は困り顔を浮かべていた。

「こういうのは……、自業自得と言うんだ。気にしなくていい。君の言う通りだった。あんなのは僕のなりたかった魔法使いじゃない。僕はね、僕みたいな魔力の少ない奴でも、魔獣に対抗できるような魔法を作り出そうと研究していたんだ。ただ人の役に立ちたくってね。弱い人間が魔獣に殺され続ける世界なんて嫌だったんだよ。君が言ったように、本当に、大人が世界が壊れてしまえばいいなんて言っちゃいけない。ともかく、これは僕が招いたことだ。それでも、最後に結末を選べるんだから、まだマシだろう。本当に案外、この世界も捨てたもんじゃない」

青い炎が、徐々に男の身体に広がっていく。

青い炎は周囲の生命力を吸い取る。なのにその青い炎は、男の魂だけを燃やしているみたいで、なぜか暖かかった。

「勇者君、会えてよかったよ。君は本当にこの世界の希望なのかもしれないな」

その炎を完全に一人で抑え込みながら、男は言った。

「僕の名前は……、アルストロ……。覚えておいてくれないか？」

「アル……、ストロ？」

アルストロは、出会ったときに見せていたような落ち着きのある笑みを残して、さらさらと崩れていった。

何もできず、手を握り締めて勇者は呆然とする。

アルストロは最期に満足していたようだったが、勇者は納得できなかった。

「くそ！」

気がつくと、勇者は握っていた拳を地面に叩きつけていた。

ずんと音がして、周囲の地面が派手にへこむ。

こんな力があっても、最後に触れることさえできなかった。

血がにじむが、痛みなんて感じない。

それよりも勇者にとって、自分の内側で蠢(うごめ)く、どうしようもないほどの無力感のほうが重症だった。

「何でみんな一方的に！　勝手なことばかり言って！　……僕はこの世界の希望なんかじゃない！　それどころか……！」

痛みはつらく心が砕けそうだった。

「……この世界の人間ですらないのに！」

勇者は吐き出すように言い捨てる。

そのまましばらく、さっきまでアルストロだったものを目に焼きつけて、勇者は立ち上がる。

袖でごしごしと痛いくらいに涙をぬぐって、別れの言葉を最後に口にした。

「もう行きます。ゆっくり眠ってください……、アルストロさん。僕は、まだ進まなくちゃいけない」

そうしてまた、勇者として歩き出した。

勇者に仲間の声がかかったのは、そのすぐあとのことだった。

「勇者様！　ご無事でしたか！」

白い少女が走り寄ってくる姿を見た瞬間、勇者には、何かこみ上げてくるものがあった。

だが、勇者は我慢して、白い少女を、そしてその後ろからやってきたネコミミをねぎらった。

「うん。そっちも怪我はない？」

「はい、もちろんです！　わたくしは勇者様の仲間なのですから！」

「そうだね。心強いよ」

「にゃはは。でも今回は、無傷とは行かなかったみたいだにゃあ」

そう指摘されて、勇者は改めて自分の姿を見直してみた。

魔法で守られていたはずなのに、全身煤まみれで、至るところが焼け焦げている。確かに無事とはいえない格好だった。

「うん。本当に強かった。教わってた魔法剣がなかったらやられてたよ」

最後の最後で使った魔法剣。アレが何とか成功できたのは、ほとんどただの偶然だった。

魔力は残り少なかったので普通の魔法なら、まともな威力にならなかっただろう。

ネコミミにしてみたら、練習でまったく成功していなかった技を切り札として使ったことが驚きだったようだ。

「……アレをものにしたのかにゃ？」

「うん。まだ課題はありそうだけど、おかげで切り抜けられたよ」

「それは何よりだにゃあ」

そう言ってネコミミは、勇者の頭をなでる。

そこにわしわしといった雑な感じはなく、驚くほどやさしい。

強敵を乗り越え、ひとまず生き残ることができた。でも、自分たちの至らなさで大きな被害が出てしまっていた。

ネコミミは普段の飄々（ひょうひょう）とした雰囲気を引っ込めて神妙に言う。

「そんなことより、ちょっと大変なことになってるみたいなんだよにゃ、この村」

「そうだ！　神殿の中にあったアイテム！　アレは生き物から魔力を吸い上げるものだったんだ！」

勇者は傍らの気を失った神官さんに目を向ける。が、ピクリとも動かない。

「……」

勇者は神官さんの状態を確認した。

呼吸が止まっていて脈もない。まだ温かさを身体に残しているが、時間の問題だろう。

周囲は雑草すら枯れ果てて、森の木々にすら影響が出ているようだった。

あのアイテムの影響がいかに大きいかを物語っていた。

勇者は思わず息を呑む。

「ダメかもしれんにゃ」

ネコミミの言葉に、白い少女は顔色を変えて言う。

「……そんな言い方！」

だが、ネコミミの冷静な瞳に見返され、白い少女は黙り込んでしまう。

「事実にゃ。目を背（そむ）けても仕方がにゃい」

ネコミミの言葉が重い。

勇者が覚悟したように告げる。

「……そうだね。僕らのせいだ。まだ実力が足りていなかったんだ」

「この人がこんな状態なら、村の人も同じだろうにゃあ」

「……せめて弔(とむら)いましょう。私たちの手で」

勇者たちは、自分たちが起こしてしまった事態を重く受け止めていた。

そして全員が黙り込む中、唐突に白い少女が勇者に尋ねる。

「……あの勇者様。一ついいですか？」

「なに？」

「先ほど泣いておられましたよね？」

突然の指摘に、勇者はとっさに顔を押さえた。

「……いや、あの」

言い訳しようとしたが、今の勇者の仕草がもう答えになってしまっていた。

白い少女が悲しげに表情を歪ませると、なぜか頭を下げた。

「ごめんなさい……。でも、心配なんです。勇者様は元の世界に帰ろうとは思わないのかと」

そして白い少女の質問は、勇者を凍りつかせるのに十分だった。

「な、何で今そんなことを言うんだ？」

恐々と勇者が尋ねると、白い少女は涙を浮かべていた。

「今だからです！　こんなことになって……、その、勇者様はこんな思いはしなくていいはずなんです！」

そう叫ぶ白い少女に、勇者は曖昧に答えることしかできなかった。

「いや、でもそれは……、そんなに簡単なことではないと思うし」

実際に簡単に帰れないことは、勇者も知っていた。

そこへ、ネコミミが割って入る。

いつものおどけた感じではなく、彼女は真面目な雰囲気だった。

「まぁ簡単ではないかもしれないにゃ。でも、あの魔法使いに頼んでみたらどうにゃ？」

「！」

「何とかなるかもしれにゃい。この間のでたらめな騒動は、そういう戦いだったんじゃにゃいかにゃ？」

「そ、それは……」

勇者は、最近常に頭の隅にあったことを指摘されて動揺した。

この世界に来たばかりの頃、元の世界に帰らないという覚悟は決めたつもりだった。勇者にとってそれは、今さらすぎることでもある。

それにここまでの旅を途中で放り出すことなんて、勇者には到底できなかった。ついさっきも一つ、引き下がれない理由ができたばかりなのだから。

勇者は拳を握りしめて、はっきりと言った。

「いや、僕は旅を続ける。自分の意思でここに留まるよ」

「それは……」

それでも言い募ろうとする白い少女を安心させるため、勇者は彼女の頭に優しく手を置いた。

勇者の手のひらには柔らかなぬくもりがあって、白い少女はそのぬくもりを離したくないと思った。

勇者が告げる。

「僕にとっては、この世界も向こうの世界もない。ここも僕の世界なんだ。少なくとも僕にはここでやるべきことがあると思う。……これじゃ答えになっていないかな?」

「……勇者様」

「……うにゃあ」

つらいことなら、どの世界にいたって起こるだろう。

今回のことも自分で起こした問題だ。これをなかったことになんか、もうできない。

「そう……、ですね。一つひとつ乗り越えていきましょう。そうすればわたくしたちは、もっと強くなれます」

「うん。そうだよね」

しかしそんなとき、鞘からくぐもった声が聞こえた。

『あー……。すまん決意を新たにしてるとこ悪いんだが、……死んでないZE?』

「え？」

『だから、この神官死んでないって。それどころか、村の奴ら、みんな気絶してるだけ』

そう断言するエーリュシオンに、勇者たちは驚かされた。

「で、でも息をしているようには……」

慌ててもう一度しゃがみ込み息を確認するが、やはり呼吸は止まっていた。

しかし、エーリュシオンの見立ては違うようだった。

『ただの魔力の吸われすぎだな。仮死状態ってやつだ。このまま行けば衰弱死するだろうけど、お前さんの精霊魔法なら、安全圏まで持っていけると思うＺＥ？　水の魔法で活力を上げつつ温めてやるといい。精霊魔法なら多少の魔力供給もできるかもだＺＥ？』

「す、すぐに始めます！」

そこからは、一気に忙しくなる。

村中に倒れている人を一箇所にかき集めてきて、白い少女が回復魔法を片っ端からかけていった。

実際それで、すべての人が息を吹き返したのだから、勇者たちはさらりと診断した聖剣をかなり見直すことになった。

「なんでわかったのかにゃ？」

ネコミミがまじまじとエーリュシオンを見つめて突き（つつ）ながら言うと、エーリュシオンはちょっと言いづらそうに答えた。

『まぁそりゃあ……、秘密能力の一つ？』

「あの魔法使いが付与していたものなのかにゃ？」

「そ、そうなの!?」

勇者は思わずエーリュシオンを持ち上げる。

するとエーリュシオンは肯定した。

『ああ。あの魔法使いは別にお前さんのことが嫌いなわけじゃねぇZE？　ちゃんと役に立つ能力もくれてるのSA。それはともかく、村人たちの容態はまだ油断はできたもんじゃねぇZE。嬢ちゃんの魔力にも限界ってもんがあるしな。村人たちがギリギリまで衰弱してんのは間違いないんDA』

「でも、どうにかして助けないと！」

『……それなら、ひとまずゆっくりと睡眠を取らせて。飯をたらふく食わせればいい。栄養剤でもありゃいいんだが……。できることって言えばそれくらいだNA』

「……そんな細かい診察とかもできるの？」

『おうYO！　まぁ状態を見て処方箋を出すことくらいだけどNA！　これが本当の診察剣ってNA！』

「……」

『今、馬鹿なのか賢いんだかわかんないと思ったRO？』

「お、思ってないよ！」

でも勇者は、本当に意味がわからない聖剣だなとは思った。まさか普通に診察するとは……。本当に魔法っぽくないことをするものである。

この発想はどうにもあの人の姿がちらちらと見えるようで、なんともいえない気分になった。

「診断より、すぐ回復できる魔法を仕込んでくれればいいのににゃあ」

状況が落ち着いてきたせいか、そんな軽口も出てきたが、そう言ったネコミミにエーリュシオンが釘を刺す。

『まぁ確かにそっちのほうが便利だけどNA。でも、そもそもそういう力を欲しがるってのがおかしなことなんだZE？　感覚おかしくなるだろうけどNA』

エーリュシオンの言うことはその通りで、勇者はだいぶ魔法使いを頼りにしすぎていたことに気がついた。

勇者は慌てて、自分にできることを探すべく村を走り回った。

だが、村の現状はかなり絶望的だった。

「これは、まずいな……。どうしよう？」

村の食料庫はひどいありさまで、穀物は枯れており、肉類は腐っていた。村人全部に行きわたるほどの食料は、どう考えても今この場にない。

「何とか、彼らが起きる前に手に入れておきたいけど……、どうすれば」

とにかく体力をつけなければならないというのに、これは相当にまずい。

勇者は冷や汗をかきながら、爪を噛む。

だけど腰の聖剣は、またしてもあっさりとこんな案を出してきた。

『いや、簡単に手に入れられる食料ならあるだろ？』

「……どこに？」

その心当たりはぼんやりとあったが、記憶の底に封じ込めていた。

すると、エーリュシオンはきらりと輝く。

『おいおい。俺の名前を言ってみな？　聖剣カニカマ様ＤＡＺＥ？』

「いや、君の名前はエーリュシオンだから。それ以外は認めない」

『そんなこと言ってる場合かよ？』

それはまったくもってエーリュシオンの言うとおりだった。

「……もちろん、活躍してもらわないとだね。非常事態だもん」

『まぁもっとも、俺たちはいつも非常事態みたいなもんだけどＮＡ！』

「……そうだけどね」

その能力を使用すれば、確かに村人たちは助かるかもしれない。

勇者もそれは認めるところだった。

聖剣の隠された能力。

それは、刀身を無限にカニカマに変えることができるという、なんとも不思議な魔法なのだから。

そのあと大量のカニカマは村人全員に余裕でいき渡り、非常に感謝された。

一つ残念なのは、命を救ってくれた勇者と、そして見たこともない食べ物のカニカマがどうしても強烈に印象に残ってしまったこと。

こうしてカニカマの名は、さらに広まってしまうのだった。

一方、村全体を見渡せる高い丘から、青い炎を眺める女がいた。

「あらら……」

そのまま燃え広がるかに見えた炎は、しかし徐々にその力を失っていった。

女はそれを見て、つまらなさそうに舌打ちをする。

「それなりに使える道具のはずだったんだけど、期待外れだったみたいね」

差し向けた人間にも問題があったかもしれない。

しかし、たかが人間に止められてしまう程度のものなら、そもそも役には立たないだろう。

女はそう結論して、忘れることにした。

「まったく無駄骨だったわね。準備の割に得るものはなかった」

女は詳細を確かめることもせず、その場から踵(きびす)を返して去る。

「まぁいいわ。次を探しましょう。今度は使えるアイテムだといいのだけれど……」

黒い布の上からでは彼女の表情を見ることはできなかった。

3

趣味。

それは一人ひとり違うものだが、何かしら存在する心の安らぎの形かもしれない。

時に、ロマンやこだわりと呼び名を変える、心の拠り所とも言える。

同時に、譲れない境界線でもあると、とある魔法使いは主張する。

そういったとてもデリケートな部分、それが趣味なわけだ。

ところが残念なことに、そんな大切なものでありながら、必ずしも他人と共有できない。

一番近しい存在であるはずの家族ですら、理解してくれない可能性だってある。

でももし、様々な偶然の巡り合わせで、誰かと趣味を共有することができたなら、ちょっとした奇跡も起きるだろう。

例えば、憎み合っていた敵とさえ心を一つにすることだって可能かもしれないのだ。

これは、一人の魔法使いがひたすらに趣味に走った、ただそれだけの記録である。

俺、紅野太郎は魔法使いである。

地球出身ではあるものの、魔法使いという自覚を持って日々がんばっている成人男性だ。

そんな俺が知り合いのドワーフの協力のもと共同開発していた、とあるものがついに完成の日を迎えた。

しかし、その説明をする前に、まずはこの世界の金属について語らねばならないだろう。

この世界には、魔法金属というものが存在している。

それは特殊な性質を秘めた、希少な金属である。

魔法的に優れた特性を備えたその金属で製作された武具は、凄まじい性能を備えると評判だ。

ここまでが前置き。

そこで俺は考えた。

こういう魔法金属の特性を好きに操って、最強の金属を作ってみたら楽しいんじゃない？　と。

ドワーフたちに、あなたの理想の素材を作ってみませんか？　てな具合に企画したのである。

もちろん鍛冶(かじ)の技術を極めたドワーフたちの希望を叶えれば、さぞかし素晴らしい金属が完成するのではないか？　という下心はあったわけだが……。

それは向こうも同じこと。

俺という魔法使いならば、常識を超える何かが生み出せるかもしれないという期待はもちろんあるだろう。

そんなわけでスタートした企画だったが、できるものならやってみろとばかりに、ドワーフから示された要望は情け容赦なかった。

もっともドワーフたちは冗談半分だっただろうが、俺は割と本気なのだった。


「さてなぁ……、果たしてこいつがこの世界にいったい何をもたらすのか、……実に興味深い」

暗い雷雲が空を埋め尽くしていた。

俺は金属を浮遊させ、構成している情報を読み解き、そして改変する。

ドワーフの要望に沿うために何度も行われたこの作業も、ついに最終段階。

調整を終えると、魔力の光は金属に吸い込まれるように消えていった。

「終わった……」

俺は心地よい疲労感を覚えて呟く。

そして額に張りついた黒髪をぬぐい、いつの間にか止めていた呼吸を再開する。

そのとき、ガラスを震わせる大きな雷鳴が鳴り響いた。超金属がこの世界に産声(うぶごえ)を上げた瞬間だった。

「ふははははは！　ついにできたぞ！　俺はついにやり遂げたのだ！　究極物質の生成を！」

これがすべての始まりである。

誰も見たことがないこの物質は、今、手のひらにあるサイズでさえ世界を震撼させるに違いない。

テンションの上がった俺は、出来上がった金属を掲げながら、不思議な踊りを踊った。

突然、ぱちりと部屋の照明がつく。

「ふはははは……、はっは……」

そして、扉の隙間からこちらを見ている蛙と目が合った。

「……」

「……」

「えーと」

俺の顔はみるみるうちに赤くなる。

そんな俺に、この蛙は無慈悲な一撃を放ってきた。

「何やっとんのだお前は？　うるさいんじゃけど」

「いやいやいや、せっかく雰囲気出してんだから開けないでくれよカワズさん！」

思い切り自分の世界に浸っていただけに、とんでもなく恥ずかしい。

しかし、そんなことは向こうも織り込み済みで、ずかずかとプライベートに足を踏み入れてくるから最悪だった。

カワズさんはニタリとほくそ笑み、実に楽しそうに俺をいじりだす。

「雰囲気とか言うてもなー。雷の音を聞きながら不思議な踊りを踊っているようにしか見えんしのー……。大丈夫か？」

「大丈夫だよ！　雷の音を聞きながら不思議な踊りを踊ってただけだからな！」

完全に水を差されたので、演出もここまでにしておくとしよう。

しゃーっと映像を投影していた雷のカーテンを開けると、いつもの長閑(のどか)な妖精郷が顔を出した。

今日も今日とて、俺の雰囲気作りは失敗したらしい。

「まったく……。ひでぇことする蛙だよ。血も涙もねーよ」

俺は若干しょんぼりしながら雷の音も消した。

グダグダになってしまったが、ともかく俺は、普通に新金属完成を喜ぶことにした。

今俺の手のうちにある、ぼんやりと光を発する真っ黒い金属こそ、俺が結構がんばって生成した新金属である。

下がりきってしまったテンションも、この完成品を見ればあっという間に回復した。

だが、信じられないことに、カワズさんは俺の気分を台無しにしておいて、作品についてまだ教えてもらえるつもりでいるようだった。

「それで？　今度は何をやらかしたんじゃ？」

「……教えねーよ。人のお楽しみを邪魔しておいて、素直に教えてもらえると思うなよ？」

「硬いこと言うなよ。前々から思っておったが、おぬしの演出はくどいんじゃて」

「く、くどくないだろう⁉　必要不可欠なセレモニー的なアレだってば」

「どうじゃろうのぅ。まぁ、見たところ今回は、たかが妙な石ころが一個のようじゃし、うるさいことは言わんが。ほどほどにしておけよ？」

「……！」

カワズさんの言いように、俺は絶句した。

たかが石ころ一個とな！

プルプル震える身体をどうにか押さえる。

俺はものすごく物申したかった。

だが、そこで踏みとどまれたのは、その石ころ一個に詰まった無限の可能性のおかげだ。

加えて、ここはまだ黙っておいたほうがよさそうだという直感もはたらく。

そっと一歩引いた俺は、あえてカワズさんの指摘をおおらかに受け止めることに成功した。

「そだね……。ごめんね。うるさくして」

「……なんか急に熱が引きおったな」

穏やかな口調にすることには成功したが、我ながら逆に怪しい。案の定、カワズさんにも不審に思われたようだ。

だがしかし、たかが石ころという認識はこの際都合がいい。それを隠れみのにして、俺は押し通すことにした。

「そんなことないよ。太郎はいつも良い子さ♪」

「きもいのぅ……。まぁええが」

俺の言動の気持ち悪さに気を取られたらしく、カワズさんは興味をなくして研究室を出ていく。

俺はそっと手を振ってカワズさんを見送り、そして扉の鍵をかけてから額の脂汗をぬぐった。

「よしよーし。悪く思うなよカワズさん、こいつはもう少し自分で楽しみたいんだ。ふーむ、そうだよ、超金属。しかし、なんて素敵な響きなんだ……。今さらながらに、とんでもないものを生み出してしまった自分が怖い。ロマンの塊（かたまり）じゃないか、こんなもの」

手の中にある冷たい感触を存分に堪能し、夢を膨らませる俺。

こいつでなんだかすごいアイテムを作ってみてもいいし、例えばパソコンに取り入れるだけでも、ものすごく軽くて丈夫なものになるだろう。

選択肢はいくらでもある。だがその前にやっておくことがあった。

「ひとまず……、命名でもしておくかな！」

これは大事なことである。

「製作者の特権として俺の名前を取ってタロメタル……、いや、タロニュウム？　おお！　いいね！　テンション上がる！」

金属の名前を考えるという作業は、思いのほか楽しかった。

そして無駄に上がったテンションは、俺に新たな発想を与えてしまったのだ。

「はっ！　……これ面白いんじゃないか？　むしろ最高なんじゃないか？」

今の俺には、そのアイディアがとてもいいひらめきに思えて仕方がない。

だがしかし、その発想は、割とシャレにならない禁断の発想だった。

ばれれば、絶対に止められるのがうっすらわかる。

でもでも、ちょっとこれをやらないなんていうのは考えられない。

俺は一人、金属を手に取るとうむむと唸った。

「……プロジェクトはあくまで極秘に行うとしよう。こいつはちょっとドワーフたちにも任せられないかな……。だけど一人で楽しむには少々もったいなさすぎる」

そうは言っても、この極秘プロジェクトに関わる人材は、かなり限定したほうがいいだろう。

秘密が守れそうな人物に厳選しなければならない。

そして俺には、この極秘プロジェクトに積極的に関わってくれそうな人物に心当たりがあった。

その人物は異世界の住人ながら、地球出身の俺と同じロマンを共有できる可能性を持っている。

しかし、そもそも仲がよかったかといえば微妙なところ。さらに接点が少ない。

「ふーむ。あの人はちょっと苦手だったんだけど……。いい機会だ、親睦を深めてみようか！　あとは、もう一人くらい理解してくれそうな人は……、いるな、うん」

考え出してみると、結構出てくるものだ。

俺はパソコンを起動して、その心当たりにメールを送った。

ちょいと一通は、趣向をこらして心理テストふうにしてみるとしよう。

これで好意的な返事がもらえれば、計画は動きだす。

俺はこの先の楽しそうな展開を考えて、思わず一人にやけてしまった。

「うん！　よし！　今回は全力で趣味に走るとするか！」

ちょっと大声になりすぎて、俺は慌てて自分の口もとを押さえた。

◇◆◇◆◇

ガーランドの首都、空中都市の城の一室。

そこでは双子の兄妹が、ひと時の休息を楽しんでいた。

少し変わっているところがあるとすれば、一方は食い入るように鏡のような画面を見つめ、もう一方は優雅にティーカップを傾けているところだろう。

会話こそないが、二人の雰囲気自体は和やかそのもので、どちらも存分にその時間を堪能していることに違いはないようだった。

そんな優雅なひと時は、兄のほうが声を上げることで終わりを迎えた。

「……なんだと。これは本当か？」

震えるその手に持っているのは携帯だった。

「どうしたのですか？　お兄様？　面白い顔がさらに面白くなってますよ？」

双子の妹が、ちくりと刺さるような軽口をたたく。

「……お前も同じような顔だろうが。いや、そんなことはどうでもよい。お前、この世界以外にもオートマトンがあると知っていたか？」

それは兄にとっては大事な質問だったが、妹は顔色一つ変えずに紅茶を一口飲んでから、棒読みで答えた。

「あら、そうなんですか？」

「ああ、向こうのオートマトンはロボットと呼ばれていて、人類の進化を促したり、宇宙怪獣をなぎ倒したりするらしい」

「……異世界も物騒なんですねー。だとしたら、あんまり関わり合いになりたくないですわー」

妹らしい淡白な反応をスルーして、さらに兄は続ける。

「まぁそれはよい。それよりもだ！　余のオートマトンがあるだろう！　アレに近いものを自分で造れるといったら、お前……、信じるか？」

突然の兄の言葉に、妹は一瞬困惑顔になるが、しかし答えは簡潔だった。

「造れようが造れまいが、結局、魔力で動かすなら、同じ魔力で大魔法でも撃ったほうが効率的じゃない？」

身も蓋もない意見だった。

そんな妹の答えに、兄は嘆かわしいと頭を振る。

「お前に聞いた余が馬鹿だった……」

「そっちこそ、仮にも魔法国家の長が、あまり馬鹿なことを言わないでくださいまし」

「ぐっ……」

妹の切り返しは、年々その鋭さを増していた。

これ以上、問答をしても勝てる気がしない。そう感じた兄はうやむやにして逃げだすことに決めた。

「よし決めたぞ！　出かけてくる！」

勢いだけで席を立つ。

とにもかくにも真偽を確かめなければ始まらない。そう考えたのだが……。

「いいですけど。公務を私に押しつけるわけですから、帰ってきたらお兄様の居場所はどこにもないですよ？」

しかしぼそりと、わざと聞こえにくいように呟いた妹の一言を聞いて、兄は背筋を凍らせた。

その場に立ち止まった兄は妹に背を向けながら言う。

「……そこは何とかならないだろうか、妹よ？　ほんの数日でいいのだが？」

「でしたら。金を腰の高さまでいただけるのならば、考えないでもありませんけど？」

「お前……、自分で言っていて、すごいこと言ってるなと思うことはないのか？　現実的じゃない発言は控えろよ？」

「あら、ロマンを追い求めるお兄様とは思えない発言ですわ。ひとまず言ってみなければ何事も始まりません。ビジネスも同じではありませんか？」

「……お前がロマンなどと言うと背筋が寒くなるわ」

「それはよいことです。私などお兄様の発言にはいつも鳥肌ものですもの」

「……」

なんともがめつい妹だと兄は思った。

しかし、今回の誘惑には勝てそうにない。兄は断腸の思いで自腹を切るのである。

「……わかった。任せておけ」

「まぁホント？　お兄様って太っ腹だから好きですわ！」

これまでで一番かわいい声を出す妹に、心からげんなりする兄。

しかし金銭がらみの契約は、妹にとって絶対であることは疑いがない。

それでも安心だとは言い切れないのだが……。それはさておき、兄は興味があることを伝えるべく、受け取っていたメールに返信した。

とにもかくにも、こうしてプロジェクトは動きだした。

ちなみに彼らは、「ガーランドの双頭（そうとう）」。双子王と呼ばれている。

俺はいつもの黒シャツ、ジーンズに黒マントという格好に、黒いサングラスをして今日という日に臨んでいた。

ちなみに、ある人物に送ったメールには転送魔法陣を添付してあり、それは特別に設計したこの施設につながっている。

果たして約束通りに来てくれるか否か？

暗い場所で一人椅子に腰掛けて待つ俺は、コツコツとこちらに向かう足音を聞いて視線を向けた。

そして、暗闇から姿を現したのが招待した人物だと確認して、口の端を上げる。

「余にわざわざ足を運ばせたのだ。後悔させてはくれるなよ？　魔法使い」

黒髪のオールバックに端整な顔立ちの男は、ある種の完成された雰囲気を持っている。青く気品のある衣装に身を包んでいるので、高貴な身分であることに疑いはない。

黒く鋭い眼差しは挑戦的に俺へと向けられていた。

いつもならば気圧(けお)されていることだろう。しかし、その挑戦も、今回ばかりは受けて立たねばならなかった。

俺は彼のために新たな椅子を用意する。

その椅子は、今回のプロジェクトの同志が増えるたびに増えていく予定の特別な椅子である。

「もちろん……、損はさせませんよキング。前々から貴方とは、趣味だけは合うと思っていたんだ」

それは、彼が乗っていた巨大オートマトンを初めて見た瞬間に抱いた感想だった。

これまでに彼とは何度も衝突があったものの、今回そのことは水に流すと決めていた。

ともかく俺たちの最初の印象は、お互いに同じようなシンパシーを抱かせる出会いだったのだ。

キングはふっと笑みをこぼし、確かにと頷く。

「ふむ……、余もそれは薄々感じていた。最近はアレだな。お前が使っていた火の出る筒など興味深かったが？」

「……ミサイルのこと？　アレはなかったことにしておいてよ？」

「アレは量産態勢が整わず、まだ実用化に至っておらん」

「いや、量産しようとしたのかい？　絶対やめてくださいよ、お願いですからね？」

もう手遅れかもしれないが、一応、止めておこうとした。が、返事は芳しくなかった。

「わかっている。まぁ、おばばや妹あたりは自力でものにしそうだがな」

「そこは意地でも阻止してよ！　お兄ちゃん！」

「お兄ちゃんとか言うな、魔法使い。王ともなれば家庭環境は複雑なのだ」

「まぁ、なんとなく察しますけどね」

いけない、いけない。思わずいつもの素に戻ってしまった。

キングは嫌なことでも思い出したのか、それはもう大変そうである。

俺は若干哀れみの視線を送ってしまうが、本人も何か疲れることがあったのか、しょんぼりしていた。

「わかってくれるか。……まぁその話は脇に置いておけ。それよりも例の話がそろそろ聞きたいところだ。……本当に可能なのか？」

気を取り直したキングは、さっそく本題が気になっているようである。

何がとは聞くまい。

キングがさっそく発した問いは、ずいぶん根本的な質問だった。

だが、こいつはまさしく夢の産物なのだ、信じられなくても無理もないのである。

この世界においても似たような技術は過去に存在したとの話だが、今となってはロストテクノロジーと言っていい。再現など不可能。誰もがそう思っていることだろう。

俺は改めて、雰囲気作りを始めた。

「普通であれば不可能でしょう。だが……、それは俺がいなかったときの話ですとも。まだ構想段階ではありますが、かならずや不可能を可能としてみせましょう」

「ほう、自信はあると？」

「無論。そして愚問です。唯一の懸念があるとすれば、情熱の枯渇のみ」

「それは要するに、途中で飽きてきたら大変だということか？」

「まぁ端的に言うとそうなんですけど、ぶっちゃけすぎです、キング」

一人でこつこつやる場合、モチベーションを保つのは大変なのです。

ちょっと動揺してしまったが、大切なところを断言した俺にキングは唸る。

そして目を閉じると、この先に踏み込む覚悟を決めたようだった。

「ふむ……、愚問だったか。お前をこちらの価値観で測ろうというのが無理な話だったな。ならば話を一つ進めよう。やるとなれば、余とて言いたいことはある」

「なるほど……、それは無理もない」

本当にそれは無理もないことだろう。

すっと目を細めるキング。

俺はあくまで余裕ある態度でゆっくりと右手を差し出し、彼に発言を促した。

するとキングはかっと目を見開き、ちょっと早口で言った。

「余は思うのだ。わざわざ自ら造り出せるというのなら、特別な一点ものにこそ価値があると。貴様の提案はそういう類のものと理解しているが？」

「おお……、まったくその通り！　量産型には量産型の味というものがございますが、やはりワンオフ一点ものにこそ抗いがたい魅力がありましょう。今宵お招きしたのは、そんな欲求を満たすため……。まずはこれをご覧ください」

そして俺もちょっと早口で答えた。

ガンマンの決闘のような会話の応酬からの、静寂。

なるほど、向こうのやる気は嫌でも伝わった。

ならばこちらも、本気を見せざるを得ない。

俺は多少無茶を通して無理やり完成させた図面を、キングの前に広げてみせる。

それを見た瞬間、雷に撃たれたように衝撃を受けたらしいキングは図面に吸い寄せられ、ごくりと生唾を呑み込んだ。

しばし図面を熟読し、冷や汗をぬぐう。

「こいつを……、動かせると言うのか？」

そして慎重に俺に尋ねた。当然俺の答えは肯定だ。

「もちのろんですとも。しかも動かせるだけではありません。乗れます」

「乗る!?」

「さらに合体は必須でしょう」

「合体!?」

「ええそうです。そして真の力を発揮することによる必殺技は外せません」

「必殺技!?」

「さらに、素材にはあらゆる魔法金属を凌駕する超金属を使用します」

「超金属!?」

「そして今回のことはあくまで秘密裏に、私が作ったこの空間。秘密基地内にてすべての作業を行わせていただきたい」

「秘密基地⁉」

興奮のあまり叫びすぎて、ふらつくキング。

俺もセールスポイントを惜しむことなくアピールしきった。

そこには、一国の王様などどこにもいない。ただ純粋な男の子がいた。

俺は恭しく頭を下げて、本日のメインイベントを執り行うことにする。

「喜んでいただけて光栄です。そしてこれが……、我らの秘密基地です！」

俺が手を上にかざすと、カンカンカンと照明が点灯して秘密基地の全容が露わになる。

それは巨大なドックだった。

今にも油の臭いが漂ってきそうな秘密基地内の最奥に、造りかけの中身が、目覚めのときを待っていた。

「おお、これは……、すでに作業は始まっていたというのか。これがオリジナルオートマトン……」

呟くキングだったが、俺は大事なことなので訂正を促した。

「いえ、違いますよ、キング。ここではこれのことを巨大ロボットと」

「巨大ロボット……」

そう。これから俺たちが着手するのは、巨大ロボットの製作だ。

巨大ロボットは、本来であれば様々な制約によって難しいとされている。

そいつを俺の魔法で無理やりやってしまうという計画である。

この世界で最強の金属を用いれば、究極の巨大ロボットができるかもしれない。

そいつが今回の、我が計画のすべてだった。

「その通り。現在は内部フレームのみですが、変更も可能。細部はこれから作っていきましょう」

「なるほど……。では、最後にこれだけ聞いておくとしよう」

なにやら改まったキングは、こっそりと小声になった。

「今回は、じいも関わっていないのだな？」

まぁ、その部分は、彼にとって大事なのだろう。

ちなみにじいとは、カワズさんのことである。

今回に限り、極力興味なさそうな人は排除する方針だ。やはりこういうのは、仲間内で盛り上がってこそだと思うし。

そこは大事なところなので強く頷く俺だった。

「もちろん。あくまで趣味ですのでね。今回は黙ってやります」

「よしよし」

キングはガッツポーズである。

気が緩んだのか、キングはもう一つ似た質問もしてきた。

「我らだけでやるのか？」

そうです、と言いたいところだが、しかし二人だけというのも少し違う。

喜びを分かち合うのに二人というのは、いささか数がさびしかろう。

「……合体となると二人ではちょっときびしい。そこで私と同じように異世界の住人に一人心当たりがありまして、男子中学生ならこの話にきっと乗ってきてくれると思いますね」

そこは巨大ロボットだ。少年の夢も乗せねば話になるまい。

すでに形になりつつある計画に、キングは喜びに打ち震えていた。

「なるほど……。なるほどな！　控えめに言って、素晴らしいぞ！　魔法使い！」

「でしょう？　お褒めにあずかり光栄です」

そしてキングは拳を握り、王様らしく大仰に言った。

「余は気に入ったぞ！　手が欲しければ言うがいい！　余が存分に援助しよう！」

彼の言葉に、俺はにんまり笑って恭しく頭を下げる。

だが、申し出はありがたかったものの、ここから先、王としての彼はいらない。

「ありがとうございます。それでは一つだけ……」

「なんだ、申してみよ！」

「貴方様の情熱と想像力を。そいつを糧に、必ずやこれを究極のロボットに」

俺が欲しいのは、同じ趣味を共有できるロマンがわかる同志のみだ。

ハッとしたキングは、わなわなと震えて右手を差し出してくる。

俺はそれに応じて、しっかりとその手を取った。

「うむ！　やってやるとも！」

こうして、巨大ロボット同好会は設立されたのである。

その後、まったく関係ないところで、僕は突然の知らせに困惑していた。

「……くちょ」

変なくしゃみが出た。

傍らにいた仲間にちょっと笑われてしまったが、そのあとに浮かべた表情から、妙な心配までされてしまう。

「勇者様？　いったいどうしたんですか？　そんな深刻な顔をなさって？」

「それって魔法使いから渡されたやつにゃ？」

「うん……。ちょっと反応に困るメー……、手紙が来て」

それはほんとうにいきなりだった。

ある日、携帯するようにと渡された端末。今まではほとんど連絡もなかったというのに突然、反応に困るメッセージが入っていたのだ。

『スーパーとリアル、どっちがいい？』

「……」

なんだこれ。

いくら考えても何が正解なのかわからない。

とりあえず意味がわからないことだけはわかった。

僕の答えは、ひとまず「スーパー」だった。

無反応だと何が起こるかわからないので返信だけはしておくと、後日再びメールが来た。

『がんばって見た目スーパー寄りにしてみました！　興味ありますか？　興味ありませんか？』

「……何にですか？」

とりあえずスーパーって何なのかと？

スーパーマーケットでも建てるのだろうか？

迷わず「興味ありません」と返信しようかと思ったのだけれども、文章を送る寸前になって指が止まった。

果たしてこれは……、放っておいてもいいものなのだろうか？

この間のように、こっそり世界崩壊の危機的状況が巻き起こっている可能性はないか？

ゾクリ、と僕の脳裏に記憶が蘇る。

謎の機関砲を撃ちまくり、未来的に光り輝いた天使の姿。

砕ける星に、飛び交う竜。

とにかくめちゃくちゃな光景である。

ともかくものすごく趣味性にあふれているこの文面。異世界人でなければ対応できない事態だからこそ、自分にメールが来たのだと思うと辻褄(つじつま)が合う気がした。

「……はぁ。こういうノリは向こうの人間じゃないと言いづらいのかなぁ」

非常に――疲れる話だった。

結局、僕はメールを打ち直す。


『興味あります』


しかし予想外のことはここで起こった。

いや、この件は僕が迂闊(うかつ)だったのかもしれない。

何せあの魔法使いに関わると、予想外でなかったことがないのだから。

返信したとたん、数秒もせずにすぐにメールが返ってきて、僕はぎょっとした。

『では今から行きます！』


「はぁ⁉」

「どうしました勇者様⁉」

「どうしたにゃ⁉」

つい大声が出てしまって、仲間たちから変な目で見られた。

あわてて取り繕ったが、どれほど効果があったのかは定かではない。

「い、いや！　なんでもない！　なんでもないから⁉」

不審に思われたのは間違いないが、取れるべき手段は限られていた。

どうするべきか？

そのとき僕はめまぐるしく考えを巡らせた。

できることなら、あの魔法使いの騒動に仲間たちを巻き込みたくない。

だが、まともに考える間もなくコンコンと扉がノックされて、僕はハッとする。

そんなまさか、まだメールが来てから数秒しか経ってないのに⁉

「あら？　誰でしょうか？」

この迷いが、さらなるピンチを呼び込む。

ノックに対応しようとした白い少女の前に、僕は慌てて飛び込んだ。

「ちょおっと待って！　僕が出るから！　たぶん知り合い！」

「そ、そうなんですか？」

白い少女は僕の勢いに目を丸くする。

そうじゃないといいなと思うけど、たぶん知り合いなのだろう。

僕は恐る恐る部屋のドアを開ける。

「来ちゃった♪」

バタン。

僕はいったん扉を閉めた。

近年まれに見る大きすぎるため息。

扉を背中で押さえながらいろいろ考えてみたが、結局いい考えは思いつかない。

どうやら今も扉の向こうで悪あがきは続いているようで、ガタガタ扉が揺れていた。

諦めた僕は、仲間たちに言う。

「ごめん。やっぱり僕のお客さんだった。君たちは部屋に戻っておいてもらえるかな？」

「は、はい」

「いいけど……、大丈夫かにゃ？　なんかすごい疲れた顔してるにゃ？」

「うん。大丈夫だよ？」

「そうかにゃあ……」

疑わしげな視線が突き刺さる。でも少しだけ楽しそうに見えるのは気のせいだろうか？

「まぁいいかにゃ！　じゃあ向こうの部屋に行ってるにゃー♪」

「え？　なんですか？」

なんとなく空気を察したらしい仲間たちは、隣の部屋につながっている扉から出ていく。

仲間たちが完全にいなくなったことを確認して、僕はそっと扉を開けた。

するとそこには、やはり見間違いではなく、捨てられた子犬のような顔をした魔法使いがいた。

「太郎さん……、なんです？」

「おお！　あせったあせった！　入れてくれないのかと思った！」

「なんでこの場所がわかったんです？」

「それは……、まぁ、気とか探って？」

「えっと……、閉めていいですか？」

扉をそのまま閉めようとすると、太郎さんは必死に扉の隙間に滑り込む。

「待って！　面白い話なんです！　絶対後悔させないから……！」

「なんかそのセリフ、詐欺師みたいですよ？」

「そうかなー？　こんにちはカニカマ君。元気？」

怪しいと思ったらすんなり切り替えて、さわやかに挨拶してくる。

太郎さんは相変わらずのようだった。

「……ひとまずどうぞ」

このまま問答していても、埒が明かない。

僕は太郎さんを部屋に招き入れた。

「いやぁ、急にゴメンねカニカマ君！　どうしてもすぐ会いたい用事があってさ！」

「えーっと確かスーパーを開店されるとか？　おめでとうございます」

「え？　何それ？」

俺がカニカマ君を訪ねると、入り口でひと悶着あったものの、部屋の中に入れてくれた。

結構いい部屋に泊まっているようで、大きなテーブルと椅子まであったのは、訪問するほうには助かる仕様である。

俺はご機嫌だったが、カニカマ君はとても中学生とは思えない陰のある表情で、とてもご機嫌とはいかないようだった。

「はぁ……、ごめんなさい。僕もいろいろあってですね。考えることもたくさんあるんですよね。

そういうわけでですね、大変申し訳ないんですが……。えっと、帰ってもらっていいですか？」

「いきなり⁉　カニカマ君が辛らつだ⁉　え？　何それひどくない⁉」

招き入れたのは、上げて落とすためだったのだろうか？

いきなり中学生から帰れと言われたら、さすがに悲しくなってきた。

「いやまぁ……、貴方が悪いというわけじゃないんですけどー。……ね？」

「そんな言い聞かせるみたいに言わないで。反抗期なの？　お兄さん悲しい」

今日のカニカマ君はとても落ち込んでいるらしい。

とはいえ、素で俺が嫌がられているだけかもしれないので、判断の難しいところだった。

「……それでご用件は？　よくわからないメールとか送ってくるのやめてもらいたいんですけど？」

あくまでやんわりと、だが、単刀直入に茶番に付き合う気はないと主張するカニカマ君の態度に、俺はなんとなくピンと来た。

「うーむ。ストレス溜まってるね、カニカマ君。若いうちからそんなに悩んでばかりいると、ハゲちゃうよ？」

「ご用件をどうぞ！」

怒鳴られてしまった。

取りつく島もないとは、このことである。

しかし、ならばなおさら、無理やりにでも彼をこのプロジェクトに巻き込む意味はあると、俺はそう感じた。

まぁ、カニカマ君と少しでも接点を増やしたかったというのもある。

そもそも、今回持ってきた話は完全に趣味の世界。いわば、気晴らしのために存在する企画だからだ。ストレスフルなカニカマ君にぴったりなのだ。

だからこそ俺は言葉を選び、慎重にカニカマ君に言った。

「ふーむ。実はカニカマ君に頼みたいことがある。これを見てくれ」

「？」

差し出したのは一枚の写真。

そしてその写真には、海から頭だけ出したタコのような生き物の姿が写っていた。

こいつが今回のターゲットである。

カニカマ君は、その写真を見て言った。

「えーっと、合成ですか？」

「違う違う！　合成じゃない！　ちゃんと撮った写真だから！」

まさかの疑惑に慌てた俺だが、今まで己がしてきた所業を振り返ると、疑ってしまうのもあながち間違いでもない。

「でも……、こんな巨大な生き物が水面に頭だけ出してるところなんて実際見たことないです。この触手に持ってるの船でしょ？　ミニチュアですか？」

その写真に写っているタコ（？）は、船のようなものを握り潰していた。

確かにそれはあまり見ない光景だろうが、前もってキングがばっちり調査して撮ってきてくれた本物の写真である。カニカマ君は異世界を旅しているくせに、どうやら真の意味で地球時代の固定概念を崩すところまで至っていないようだ。

「カニカマ君。君も異世界にぼちぼち慣れたほうがいいね。この世界は、割と非常識なことはいっぱいあるんだよ？　こいつはクラーケン。大型の魔獣で島よりでかく育った巨大な軟体生物だ。この世界では何でも起こるんだよ」

もっとも俺もこの写真を見せられたときは「特撮？」などと思った。

「非常識は貴方だけなのでは？」

「俺なんてまだまだ。常識は日々更新されているんだよ？」

そう言う俺の渾身のドヤ顔に、カニカマ君がイラッとしていたのは否定できないが、しかしちゃんと話は聞いてくれるようだった。

「はぁ……、それでそのクラーケンがどうしたんです？　大きなタコ焼きとか作るつもりですか？」

どうせしょうもないことだろう？　と言わんばかりである。

いや、タコ焼きって。それはそれで面白そうだけれども。

すっかり荒んでしまった中学生の心を開くためにも、その誤解は解いておくべきだろう。

「カニカマ君。俺は別にいつもいつも奇抜なことばかりしているわけじゃないんだ」

「今のところ百パーセント奇抜なんですけど。今回は違うと？」

「……」

すっぱり言われて、いろいろ思い出した。

カニカマ君と会うときは、魔王と一緒にトーナメントして着せ替えしたり、大使と謎のオートマトンで撃ち合いをしたり、神様と喧嘩したり……。その他いろいろだった。

「……確かに今回も違くないいんだけどね」

「できれば否定してほしかったです……。それでなんなんですか？　頼みたいことって」

すっかり勢いをなくした俺だったが、まだ心は折れてない。

カニカマ君から話を振ってくれたので、震える手で写真を指差し、考えておいた台詞を言った。

「うん。実は……、君にこのクラーケンの討伐を依頼したいのだよ！」

「自分でやってください」

即答である。

あんまりにもバッサリ断られたので、俺は涙目で訴えた。

「なんで！　君、勇者でしょ⁉　提案の仕方は君のやり方に合わせたのに！」

「貴方のほうが圧倒的に強いでしょう⁉　でかいだけのタコなんて、どうとでもなるでしょ⁉」

「いやいやいや。俺がそんなポンポコ外で戦いたがらないのは知ってるでしょ？　怖がっちゃうでしょ？　俺を見た人が！」

俺が適当にふらっと行ってドカンと魔法ぶっ放してはい終了、とはいかんのである。

そこのところ大事なので、押さえておいてもらいたい。

「まぁ……、それもわかりますけど」

あっさりわかられてしまうのもアレだが、まあそうなのである。

俺の力は戦う力にあらず。

俺がそんなことを積極的にしようものなら、それこそ末期と思ってもらいたい。

本当に必要なとき以外は極力代理を立てるべきで、俺は戦うべきではない。――というのは、周囲も含めた共通の認識だった。

だがしかし、今回はそのタブーに踏み込んでいるところがある。

だからこそ滅多にない、特別な事態だとわかってほしい。

「こいつがある港町の入り口に巣くっちゃってね。出ていく船を片っ端から襲っているらしいんだよ。どこかで船を襲って味を占めたんだって聞いたけどさ。このままじゃあ、町が崩壊しかねないって話なんだ」

「……それは大変ですね」

ようやく本当の危機だとわかってくれたカニカマ君。ちゃんと身を入れて話を聞いてくれているので、このまま一気に話してしまおう。

「そこでだ！　この魔獣を倒してほしいとあるやんごとなきお方がお願いしてきたわけだよ！　本

来なら軍隊が動くほどの重大案件だ！　しかし相手はクラーケン。相当強い魔獣だし、海の上なんて場所じゃ、確実に倒せない可能性もある！」

「……」

「王様は自分がじきじきにそいつを何とかすると言っている。だけど、はっきり言って一人では無謀な話だ。助けてあげたいけど、手を貸すとしても……、俺はあくまでサポートが好ましい」

「なるほど。それで僕なわけですね？」

理解を示すカニカマ君に、俺は頷いた。

一応、クラーケンの討伐についてのスタンスに嘘はない。討伐については。

実際、このクラーケンは大きく育ちすぎて倒すのが難しい。どこかに行くまで放置するしかなさそうだというのも、あらかじめ聞いておいた話だった。

「いやもうなんか、俺がお願いできる人なんて非常に少なかったんだ。もう君しかこの手伝いはできないと思う」

そして選べる相手は限られる、というのも、もちろん本当である。

「……僕にしかできないですか？」

「ああそうだとも。君にしか頼めない。やってくれないだろうか？」

ずずいと、俺は頭を下げる。

恐る恐る頭を上げると、カニカマ君はまんざらでもなさそうな顔で頬をかいていた。

引き受けてくれそうだ！

予想以上の好感触に、ちょっと罪悪感が芽生えたけれど、それでも交渉は成功しそうだった。

「そ、そこまで言うなら、手伝ってもいいですよ？　もう仕方ないなぁ」

「本当に！　いやぁ助かるよ！　断られたらどうしようかと思ってたんだ！　三人乗りだし！」

了解をもらって、俺は満面の笑みでカニカマ君の手を取る。

「三人乗り？」

おおっと口が滑った。

「こっちの話だ！　そうと決まったらさっそく行こう！」

「今すぐですか!?　え？　ホントに？」

やる気になってくれているなら、今のうちに動いてしまいたい。

それに何事も、早めに準備しておかなければ、いろいろと不都合が出てくるだろう。ただでさえ未知数なところが多いのだし。

「では、まずは準備するからね！」

「ちょっちょっと！」

俺は彼の手を取ったまま、特殊な魔法を思い浮かべる。それは秘密基地に通じる、様々なプロテクトを搭載した転移魔法だった。

複雑な魔法が俺たちの身体を包み込む。

そして魔法が完成すると、俺たちは完全に転移した。

「うわ！」

声を聞いて、勇者の仲間の二人がやってくる。

「勇者様！」

「どうしたにゃ！」

慌てて部屋の中を探すが、そこにはもう誰もいないのだった。


一方その頃、俺たちは——。

「……どこですここ？　暗くてよくわからないんですけど」

「なになに、それはあとのお楽しみだよ」

キョロキョロして落ち着かないカニカマ君だが、これも驚きを際立たせるためのスパイス、つまり演出だ。

勇者をやっていて度胸のあるカニカマ君でも、さすがに黒い目が泳いでしまうらしい。

いちいち室内を暗くしておいたのは、新しい仲間を迎えるためのちょっとした工夫だった。

「あー。ではではご案内するよ」

「わかりました。ここまで来たんですから僕も腹をくくります。クラーケンに立ち向かうという王様がここにいるってことでいいんですか？」

そう、すでに彼、キングもここに待機済みだった。

「おっと、そうか。うっかりしてた。そうだね、ここにその王様はいるよ。カニカマ君も知ってる人だから大丈夫だよ、心配しなくても」

「僕の知っている人なんですか？　あと、カニカマって呼ぶのはやめましょうよ」

「えー、でも。今さらこれよりしっくり名前はなくない？」

「そんなことないです。大体そのカニカマって印象がついてしまったのだって貴方のせいでしょ？」

唇を尖らせるカニカマ君だったが、いやいや、それは待ってほしかった。

「そうだったかな？　アレは事故だ。そもそも君が斬りかかってきたんじゃなかったっけ？　そりゃあ俺だって、とっさに聖剣をカニカマに変えてしまうさ」

そう、確か聖剣に魔法をかけてしまったのは、正当防衛だったはず。

その上、試合形式の事故だ。ゆえに、俺にはまったく非はないはず。

「どうも釈然としないんですけど？」

「まぁ……、事がカニカマだからね。無理もないよ」

「……うー」

それはそうだが、とっさに反撃しなかった自分を褒めてあげたいくらいのファインプレーだったと思っている。カニカマ機能だって、きっと役に立っていることだろうし。人間、非常時は、食料の確保ほど大切なものもないんだから。

「まぁ俺は、勇者君っていうよりは、カニカマ君のほうが好きだけどね。何せ、愛嬌がある」

「そうですかぁ？」

心底疑わしげなカニカマ君には、まだこのニュアンスはわからないようだった。

さてそろそろ例のものを見せるわけだが、まだ幼さを残す彼を戸惑わせてしまうのは心が痛む。

とはいえ、前フリはしてあるし大丈夫だろう。

そもそも、仕方がなかったのだ。どうしても彼でなければいけなかったのだし、事情を話せば、きっと楽しんでもらえると俺は信じていた。

「よくぞ来た！　待っていたぞ、勇者よ！」

「貴方は！」

そこへ、痺れをきらせたキングがやってきて話しかけてくる。突然の登場に、カニカマ君も驚いたみたいだった。

「……なんでこんなところにいるんですか？　王様でしょ？　国のほうは大丈夫なんですか？」

「う、うん。まぁ、彼自身は喜んで来てくれているとは思うんだけど」

半ば本気で心配させてしまったわけだが、たぶん大丈夫である。

俺たちの到着を首を長くして待っていたとある王様、通称キング。彼は自分の椅子に腰をかけて、足を組みつつ俺たちを歓迎した。

「細かいことを気にするな。そして記念すべきこの瞬間に立ち会える栄誉を、存分に噛みしめるがいい！」

さすがはキング、その呼び名は伊達ではない。

外見だけでなく身振りや雰囲気も、やはり大勢を束ねる人はどこか偉大な雰囲気があるものだ。

彼は今日はマントこそしていないが、見るからに高そうな装いはちっとも控えめではなく、やんごとなきオーラも強化増幅している。

ガーランド帝国の王様をやってるキングは、その心根からしてマジものの王様なのだ。

しかし彼の顔を見たカニカマ君は、何ともシラッとした表情を浮かべていた。

「……なんだか、いつかの展開を彷彿させるんですけど？」

「い、いや。別に悪いふうにはしないって！　だからそんな目はやめてくれるとうれしいな！」

「で？　なんで太郎さんとガーランドの王様が一緒にいるんですか？」

カニカマ君が改めて俺たちに尋ねる。しかしキングは、そもそもガーランドの王であることさえ否定しだした。

「ふぅ、それは少し違うな。今の余は、ガーランドの王などではない。HNは『キングは機械油がお好き』。略して『キング』と呼ぶことを許す！」

急にハンドルネームを高らかに名乗り上げるキングに、俺はあまり意味のない拍手をパチパチと送っておいた。カニカマ君はぽかんとしていたが、どことなくめんどくさいなって思っているのが伝わってくる。

「……結局、キングじゃないですか。それに略になってない」

「そのようなことはどうでもよい！」

カニカマ君は深いため息をつくが、これで事情を理解したらしい。

「HNとかで、どういうつながりかはわかりましたけど。確か仲悪かったですよね？」

「い、いや。そんなことはないよ？　趣味は合うんだよ。それ以外は合わないけど」

「それに、あんまり偉い人にパソコンは渡さないのでは？」

「まぁね。でも、カワズさんの昔の知り合いにくらいは、お手軽な連絡手段があってもいいんじゃないかなーと思って。カワズさんかわいそうだし」

「余とて、これからの大事を前に過去の些事を持ち出すような真似はせん。いや、そもそも気にかけるようなわだかまりもなかろうが？」

カニカマ君の矢継ぎ早の質問にも、キングは特に気にしたふうでもない様子である。

過去にキングとは一悶着あったが、その件は一切水に流すということが前提で、今回お互いにこのプロジェクトを進めているのである。

しかしカニカマ君は、なぜか少しだけ憐れむようにキングを見て言った。

「……そりゃあ、あれだけ一方的に叩きのめされればそうでしょうけど」

「ふむ。言うな、勇者よ？　結局お前とて、ただ横で指を咥(くわ)えていただけの分際(ぶんざい)で」

「うっ……、それはそうですけど」

なんだか過去のトラブルを蒸し返して不穏な空気が漂い始めたので、俺はパンと手を叩くと、あえて明るく話を打ち切った。

「まぁいろいろあったけど、今はいいじゃないか！　今日はいい日なんだ！」

「そうであったな！」

「？」

今日はケンカなどしている暇はない、予定は詰まっているのである。

力強く頷く俺とキング。

未だ状況を把握しきれないでいるカニカマ君は首をかしげている。

「で、えーっと彼も今回の討伐に行くんですよね？」

そしてカニカマ君が念を押すように尋ねた。

するとキングは胸を張る。

「余は此度(こたび)の企画に賛同し、協力している主要メンバーだ。余が出向くのはむしろ当然だ」

「企画？　主要メンバー？　ただのクラーケンの討伐じゃないんですか？」

「あーいやー？」

聞いていた話と違うと訴えるカニカマ君のジト目を向けてくる。

いや、今回の主要ミッションは、間違いなくクラーケンの討伐だ。

実際クラーケン討伐を今回の舞台に選んだ立役者が、誇らしげに言う。

「そうだとも。ただしクラーケンの話は偶然だ。このタイミングだったのは、クラーケンにとっては災難だっただろうがな」

「……偶然？　やっぱりなんか、事前に聞いてた話とちょっと違いません？」

詰め寄るカニカマ君の顔がより近くなるにつれて、俺の汗の量も増えていった。

「そ、そっかなー。いや人助けに嘘はないよ？　ええ、そこは誓って嘘じゃない。それに俺だけが直接戦うのもあまりよろしくないなーってのも本当だよ。うん」

「嘘じゃなければいいってものでもないですよ？　すべてを言わないのも反則ですからね？」

「ううううう……」

追い詰められた俺だったが、結局、引いてくれたのはカニカマ君のほうだった。

カニカマ君が何かいろいろ諦めたふうに言う。

「はぁ、もういいです。ともかく、今回のクラーケン討伐は、ガーランド国王からの依頼ということでいいんですね？」

向けられた問いにキングは頷く。

さらに俺は参加者の証(あかし)として、新たに作り出した三つ目の椅子を指差して言った。

「まぁ、ひとまずよろしくね」

「うむ。まぁそうだな。勇者よ、お前の力、見せてもらうぞ？」

「あんまり期待しないでください。そんなにたいしたことはできませんから。じゃあ、さっさと行きましょう。そもそもここはどこなんですか？　なんだか薄暗いですけど？」

そう言いながら、スポットライトの当たった椅子に座るカニカマ君。

遠慮のないやり取りをしたせいか、若干余裕のできたカニカマ君は、ようやく周囲の状況に目を配れるくらいに落ち着きを取り戻したようだった。

しかし、いい質問をしてくれる。そう、ここはあえて薄暗くしてあるのだ。

なんでもないふうを装っていたが、そろそろご開帳と行くとしよう。

「そりゃあ、秘密基地に決まってるじゃない？」

「いえ、秘密基地とか言われても」

カニカマ君は困惑顔だが、このこだわり抜いた空間を言い表すとしたら「秘密基地」をおいてほかにないと思う。

なにせ、ここはカワズさんにすら秘密にして造り上げられた空間なのだ。

こっそり造ったこの場所は、はっきり言って自信作だった。

「そういうのいいので、本当の場所を教えてくださいよ」

「簡単に言うわけないじゃないか、秘密なんだから。ともかくここはあるモノのために造られた！」

「……テンション高いなぁ」

「逆に君が低すぎだろ？」

ムフフと不敵に微笑んで、俺は指を鳴らす。

薄暗いがかなりの広さのある空間にパチンと軽い音が響く。すると、スポットライトが次々と点灯していった。

ライトに照らし出された空間は、物々しく重厚であった。

そしてライトの先に視線を集めた俺たちは、ほぼ完成した状態にあるそれを目にする。

鈍く光を照り返し、現れた人工の巨人。

雄然（ゆうぜん）とした立ち姿で、それは静かに佇（たたず）んでいた。

今はまだ暗い。

目に当たる部分に光を点すその瞬間、想像を超える何かが起こる。そんな期待をしてしまうのは、何も俺だけではないだろう。

こうやってコイツの姿を自らの目に映せば、さっきまで呆れ顔の多かったカニカマ君も目の色を変えるというもの……。

だと思っていたのだが。

「……貴方って人は、やっちゃいましたね」

「あ、あれ？」

どうやら、そううまくはいかなかったらしい。

カニカマ君は頭痛をこらえるようにコメカミに手を当てると、それを指差して叫んだ。

「完全にこれ、ロボットじゃないですか！」

「はっはっは！　そうだけども？　最高だろう？」

「開き直らないでください！　だめじゃないですか！」

「えー、だめかなぁ？」

あんまり反応がよくないカニカマ君だが、これが何かとわかっているという点で及第点だ。

むしろこれを見て、ロボットだと思わないほうがおかしいわけだが。

「まぁ向こうから来た人には説明の必要はないだろ？　逆に、未だに人型に乗れないのが不思議でしょうがないもん、我が国！」

「それはいくらなんでも言いすぎじゃないですか？」

「いいや！　言わせてもらうぞ！　とりあえず造ろう！　乗り込める二足歩行型ロボット！　戦闘用とは言わんから！　バカとハサミは使いようって言うだろ？　実物がないと新たな使い道も利点も模索できないと思われ！」

「全然意味がわからない。何の演説ですか!?」

まくしたてるようにめちゃくちゃに説明すると、また一段とカニカマ君の視線の温度が下がった気がした。つまり、視線が冷たい。

「……まったく、こんなもの使って何を……。あっ、クラーケンの討伐ですか？」

「まぁ、そういうことだね。カニカマ君。正確に言うと、こいつを造っている最中にクラーケンが現れたというのが正しい。つまり何が言いたいかというとだ、そういう難しいことを全部うやむやにして出来上がったのがこいつだということさ！」

「……カニカマはやめてください」

俺の説明で唯一ツッコミを入れられるポイントがそこだけだったらしい、そんなカニカマ君であった。

だけど、キングのほうは期待以上だったらしい。目をキラキラと輝かせ、期待に胸を膨らませているのが丸わかりの表情だ。

こちらの手ごたえは上々の様子である。

「これは……、何度見ても素晴らしいではないか！」

「でしょう！」

カニカマ君があんまり喜ばなかったのはちょっと予定と違ったが、仕方あるまい。

俺はさっそく造り上げた作品のお披露目のために、彼らの前で両手を大きく開いた。そして、マントをわざわざバサリと音がするように翻す。

「……これぞ我が魔法の集大成！　超金属タロメタルのボディを持ち、悪と戦う正義のロボット！　使っている金属から名前を取って――」

そして、十分に間を取り、この機体の名を高らかに宣言した。

「タロリオンと名づけてみた！」

ここで一丸となるはずだったのに、猛烈な抗議が飛んできた。

「うおい！　異議ありだ！　なんでお前の名前だ！」

「……とことん趣味に走ったんですね」

「あれ、不評!?　いいじゃないか！　俺が一番がんばったんだ、名前くらい好きにさせろい！」

「馬鹿を言うな！　名前は余の名を取って、グレートキングカイザーデラックスで決まりだろう！」

「……その名前、王様なのか皇帝なのかはっきりさせたほうがいいんじゃないですか？」

ちょいとこのあと話し合いというか、ひと悶着発生した……。が、予定も詰まっているので、ほどほどで終わらせた。

「ひとまず合体前の機体は、それぞれで名前を付けるということで」

「うむ……。ロボット型は余が搭乗、これで手を打とう」

俺とキングのやりとりを静観していたカニカマ君が、静かになった頃合いを見計らって尋ねてきた。

「……それでどうします？」

カニカマ君の目がちょっと退屈そうなので、ことさら急いだほうがよいだろう。

「あーっとね……、じゃあさっそく向かおうか？　キングがちゃんとセッティングしてくれてるはずだから」

「うむ……、抜かりはない。すでに話は付いている。貴様もこいつの運搬方法はちゃんと用意しているんだろうな？」

「当然だろう？」

「ならばよい。では、行くとしようか！」

さっきまでの口げんかなどなんのその。メインイベントを前にして意気投合する大人たちを見て、カニカマ君は付いていけないようだ。

すっかり精神的に疲れてしまったらしいカニカマ君だったが、これからが本番であるということはわかっているらしく、未だに帰るとは言いだしてはいない。

むしろ、自分が彼らを監視しなければ、という気概が見えていた。


さて、ロボットは趣味の産物だとしても、魔獣に襲われている町は実在し、実際に苦しんでいる人々がいるのは紛れもない現実である。

当の本人たちからすれば、それはシャレにならない大事件なのだ。

実際現場を訪れると、港にまとめられた帆船の残骸が、状況の凄惨さを見せつけていた。

「あいつが現れたのは三日ほど前です、突然商船を襲ってきたのが最初の被害でした……。突破を試みた船は何隻もありましたが、すべて破壊されてしまいました。冒険者を雇って対抗しようともしましたが、奴は……、あのクラーケンは強すぎた！　人間はあの化け物に抗えるものではないのです！　あの海の悪魔には！」

町長さんが、涙ながらにそう訴える。

彼の瞳に色濃くあるのは、絶望であった。

キングは町長の話を真摯に聞いていた。普段はふざけていても、やはり王様だった。

「大変であったな。よくがんばった。あとは我々に任せておくがよい」

「……しかし、貴方様にもしものことがあったら」

キングは素性を明かしていたので町長さんは遠慮しているらしい。

しかしキングは、心配するなと胸を張って頼もしくふるまった。

「気にするでない。余は必ずあのクラーケンを葬り、ここへ帰ってくる。これは決定事項だ！」

自信に満ちあふれたキングの言葉は、絶望に沈んでいた町長さんに希望を抱かせる力を持っていた。

町長さんは、先ほどとはまるで違う笑顔でキングの手を取る。

「……わかりました。では、お願いいたします！　もはや我々は貴方様におすがりするほかありません！　どうか！　どうか町に平和を！」

「うむ！　大船に乗った気でいるがよい！　まぁ、お前たちに船を借りるのは我々のほうだがな！」

そう言ってハッハッハと笑ってみせるキングに、俺は苦笑いを浮かべる。

一方、カニカマ君は真面目に心配しているらしい。

「町長さん、結構切羽詰まってるじゃないですか。いいんですか？　あんなふざけた感じで？」

カニカマ君はがっくんがっくんマントの先を揺さぶってくるが、あれが登場するからこそ人々を勇気づけられるに違いないと俺は信じていた。

「……それは結果しだいじゃない？　クラーケンさえ倒せば問題ないんじゃないかな」

「結構強そうなんですけど、クラーケン」

「やっぱり海の上だし、一般人にはつらいんじゃないかな？　人間は陸上の生き物だもの」

「金属製のロボットなら活躍できると？」

「……見てもらえばわかることさ」

「そこは自信があるんですね……」

俺たちが小声でささやき合っていると、キングのほうも話がまとまったようだ。

こちらにやってくるキングの顔は、すでに闘志がみなぎっていた。

「よしお前たち！　話は付いた！　貨物船を一隻用意してくれるそうだ！　例のものの積み込みが終わりしだい沖に出る！　我らが乗るこの船そのものを囮に使い、奴をおびき出すのだ！　ぬかるなよ？　相手はクラーケンだ。海で最も恐れられる魔獣の一体なんだからな！」

「おおとも！　がんばろう！」

「すみません、僕まだよくわかってないんですけど、大丈夫なんですかね？」

「大丈夫だ！　自信を持て！　勝利は、信じる者の頭上にしか降りては来んぞ！」

「キングそのセリフ熱いわ！」

「だろう！」

「特に自信を持つような理由が見当たらないんですけど？　だけどまぁ、がんばります」

それぞれにテンションの違いはあれど、思いは一つ。

いざ、クラーケン討伐である。


「それでは、どうかお願いいいたします！」

「うむ、任せるがよかろう！」

お忍びだったはずだが、出航する港に話が通っていたせいか、結構な見物人が集まっていた。

人々はいろんなものを振って盛大な見送りをしてくれ、そんな中俺たちは海に出た。

適当に作り出したゴーレムを乗組員にして、現在は自動航行中である。

船の甲板には、布で隠された巨大な物体が二つほど無理やりくくりつけられていた。

二つとも船からはみ出すほどに大きい。それは、俺とカニカマ君の搭乗する機体だった。

そもそも目的地は、町の港からそう離れてはいない。

クラーケンは、港の船が必ず通る入り口で待ち構えている。

その位置に巨大な海底洞窟があったことも、この港町にクラーケンが棲み着いた原因になっていたようだった。

「しかし俺、クラーケンって実際見たことないんだよね」

俺はまだ見ぬクラーケンに思いをはせる。

魔獣は俺が近づくとみんなどっか行ってしまうので、あまり出くわす機会がないのだ。それを聞いてカニカマ君は少し不思議に思ったようだ。

「あれ？　写真持ってませんでしたっけ？」

ああ、そっちね。確かに写真では見たことがある。

「アレは、キングの部下が撮ってきたやつだし。何度か海には行ったことあったんだけどなぁ。でも、そのときは魔獣には出くわさなかった」

「そうなんですか？」

「うん。海竜ってのには会ったけど」

海で遭遇したといって真っ先に思いついたのだが、竜はプライドが高いので、魔獣呼ばわりしたらすぐさま襲いかかってきそうだ。

カニカマ君は何か竜にトラウマでもあるのか、その名前を聞いただけで震えていた。

「……そっちのほうが、よっぽどやばそうですけどね」

「いや、俺の友達の竜のほうがやばかったよ」

「それは……。まぁおおよそそうだと思いますよ」

ただカニカマ君は、俺の友達のほうにもトラウマがあるようである。

まぁ、否定する理由は見当たらない。俺には結構すごい友達は多い、とだけ言っておこう。

今回のターゲット、クラーケンとは海に棲む巨大な軟体動物のことらしいが、大きさは船を丸ごと呑み込むほどに巨大なのだという。

その力は凄まじく、食欲は底なし。巨大な船から、小さな漁船まで獲物に節操はなく、まんべんなく襲うらしい。

そのせいで漁業が成り立たなくなったこの町は、寂れる一方であると。

あの気力の尽きた様子からして、もうすでにこの町では匙を投げたあとなのだろう。また、討伐を引き受けたあとの盛り上がり方を見れば、どれほど期待が大きいのかは察せるというものだ。

「でもそうか、魔獣か。そんなに怖いかな？」

「そんなこと聞くの貴方だけだと思います。あれは怖いですよ」

俺の認識としては魔獣一匹に何を大げさなという感じだったが、ともかく今回は極限まで魔力を抑えて、あえておびき出す方針で行く。

そして、狙い通りそいつは現れた。

「うお！」

海がうねり出し、船体が派手に揺さぶられる。

立っているのも難しくなってくると、そいつは海面から空に向かって聳え立った。

それは巨大な触手だった。

「すげぇ……。確かにこれは怖いよ、カニカマ君」

「ぼ、僕もさすがにここまでは想定してませんでした……」

カニカマ君は、本気で表情を強張らせている。

「……まぁタコみたいだわな。タコ焼きいくつ分だろう？」

「のんびりしている場合じゃないでしょう！　来ますよ！」

俺が甲板の上で呟いていると、カニカマ君が必死に服を引っ張る。

目の前で、大型タンカーを海に引きずり込めそうな触手が、今にも振り下ろされそうだ。

これほどの大物は倒せる奴もなかなかいないだろう。

俺が今まで遭った中でも、一、二を争うほどの巨大さだ。

しかも海の魔獣は魔法が効きにくい。

海水が属性魔法の威力の大半を半減させてしまうのだから、強力な魔法使いでも相当の魔力を使わねば厳しい戦いを強いられること間違いなしだ。

そんなことを考えている間にも、クラーケンの攻撃は続いていた。

にょろりと足が船に巻きついて、木製の甲板を砕く。

みしみし木材が締め上げられる音が聞こえる。沈没は時間の問題かもしれない。

だが、俺たちの本番は、まさにここからだろう。

「そんじゃ、俺たちも準備するか！」

「ほんとにやるんですよね……」

「腹をくくろうカニカマ君！　大丈夫！　俺たちならやれるさ！」

今さら涙目のカニカマ君の襟首を掴むと、すぐさま俺は魔法で転移した。

もちろん行き先は甲板にある、例の機体のコックピット。

ところがそうしている間にロープは切れ、積んでいた機体は二機とも海に落下してしまった。

触手が船を真っ二つにしようとしたとき、船艇から声が響く。

『……だがしかし。獲物に節操なしというのが運のつきだったな。今日はお前が獲物なのだと知るがいい！』

船の内側から甲板を砕き、いきなり大きな腕が飛び出してくる。そして金属の光沢を持った腕は、そのままクラーケンを殴り飛ばした。

腕だけそのまま猛烈に加速して飛んでいき、もう一度クラーケンをぶっ飛ばす。

もう一本、船を突き抜けてきた腕は、残った船体をバリバリとへし折って入り口をつくった。

クラーケンはひっくり返り、戸惑ったように足を蠢かせている。

その隙に、クラーケンを殴った腕は反転。船の中に飛び込むと、ガキンとつながる音が響く。

両手がそろい、船体を掴んで巨大な物体が身体ごと這い上がってくる。

木片をかき分けて太陽の下に露わになったその姿は、金属の黒い装甲を持った巨人であった。

『行くぞ！　お前の力を見せてみろ！』

巨人は叫ぶ。

その身体から低い電子音を響かせ、レンズで覆われた瞳がギラリと光を点すと、船体を足場に今その巨体を持ち上げる。

『軟体生物の分際で好き勝手に暴れたものだな！　しかしそれもここまでにしてもらおうか！』

太陽を背にクラーケンを指差すのは、人型のオートマトン。

全長十五メートルほどの機体は、鈍重なフォルムでありながらも力強い。

その姿はさしずめ動く要塞といったところか。

金属的なその装甲は、生物とは一線を画していた。

あえて言おう。それはいわゆる一つの、巨大ロボットであった。

『くっくっく……。さぁ、怯えろクラーケン！　次に海の藻屑となるのは貴様のほうだ！』

スピーカーから聞こえるキングの声は、やる気十分といった感じである。

クラーケンが、突如現れた訳のわからない異物を排除しようと足を伸ばす。

触手が鞭のように振り回され、唸りを上げて飛んできた。

ぐるぐると巻きついて、ロボットを捕まえることに成功したクラーケンだったが、その太い触手はそこから微動だにしない。

明らかに触手よりも細いその腕を、潰すことも傷つけることもできなかった。

さらに二本絡みつこうとした触手を、ロボットはきっちり迎撃する。

『喰らえ！　キングミサイル！』

胸から射出されたミサイルが、迫る触手を容赦なく吹き飛ばす。

そしてさらに、他の触手が投げつけてきた船の残骸を、今度はその口から飛び出した炎のブレスが焼きつくす。

『喰らえ！　キングブレス！』

圧倒的火力の炎の竜巻が発生して、木製の残骸は灰も残さず消失した。

バラバラになった木片が降り注ぐ中、今度はロボットが動く。

『行くぞ！　バスターキング！』

いつの間にか命名されていたロボット――バスターキングがゆっくりと動きだす。

そして、放れようとした触手を掴んで引き寄せると、そのままクラーケンの巨体を振り回して上空へ放り投げた。

あまりにも強大な力と、人間と変わらないスムーズな機動は、この世界のどのオートマトンよりも高度なものである。

ガキンと拳を構え、感動の声が上がる。

もちろん声の主は、乗り込んでいるキングのものだ。

『……素晴らしいではないか！　ここまで自在に操れるか！　しかしさすが伝説の怪物、出し惜しみせずにこちらも行くぞ！』

『了解！』

『……なんで僕が』

心底楽しげなキングの声を受けて、ついに俺とカニカマ君も動きだす。

海中から、水柱が二つ上がる。

一気に上空まで駆け上がったそれは、船にくくりつけられていた二つの機体だった。

クラーケンの足を避け、急上昇したキングの機体に追随すると、現れた二機の飛行物体はフォーメーションを組んで空を駆け抜けた。

もちろんその機体に乗っているのは、俺とカニカマ君である。

『沈んだときはどうなるかと思いましたよ！』

『大丈夫だ！　そんなことでこいつらは壊れはしない！』

一機は、大きな羽を付けた飛行機。

もう一機は、剣のような形状をした飛行物体である。

二機の共通点は、どちらもギミックを搭載していそうな変わった形をしているということだろう。

さっそく混乱したカニカマ君が悲鳴を上げる。

『い、いったい何するんですか！』

『決まっているだろう？』

そこへ、すかさずキングが――。

『合体だ!!』

『決まってるんですか！』

もちろんだとも！　わざわざ分解して持ってきたのだ。ここで合体しないわけがない。こいつにはそれはもう、いろいろと詰め込んであるのだから！

『ど、どうすればいいんですか！』

『とりあえず目の前のパネルに出てくる文字を叫んどけば大丈夫だから！』

『そんなんでいいんですか！』

最後のほうはもはや悲鳴だったが、問題ない。

だいたいでＯＫだ。

俺がペダルを踏み込み、手元のグリップを引き戻すと、三人の目の前にあるパネルに同時に「合体」の文字が飛び出した。

『合体シークエンスに移行！』

俺が叫ぶ！

『機体安定？　各部オールグリーン？』

そして続いたのは、若干自信なさげなカニカマ君。

最後にキングの声を合図に、機体は合体の準備に入る。

『行くぞ！　合体だ！』

機体を覆うように結界が現れると、カニカマ君の飛行機はキングの機体の背にガキンとドッキング。

これによって飛行能力を得たキングの機体は一気に上昇。空を駆けてクラーケンを見下ろす。

『ウイングドッキングを確認！　そしてぇーー！』

『まだ何かあるんですか⁉』

カニカマ君のツッコミは置いておいて、俺の機体が一本の剣となってロボットの手に収まる。

巨大な剣を正面に構え、真の姿を露わにしたロボットはギュインとその目を光らせる。

『そう、それは空翔る無敵の巨人』

『どんな攻撃も撥ね返し、悪を挫く正義のロボット』

『その名は――』

『『『タロリオン！』』』

三人の声がそろったのは、練習の賜物である。

『うむ！　決まったな！』

『初めてにしては、なかなかいいんじゃないかな！』

『これって必要ですかね？』

『必要だな』

『不可欠だよ。何言ってんのさ』

『えー』

チームワークはいまいちだけど、それでも究極のロボット、タロリオンは産声を上げたのである。

合体

『フハハハハ！　行くぞ、タロリオン！　貴様の真の力をあの化け物に見せつけてやるがいい！』

『なんか完全に悪役っぽくないですか！』

『そんなことないだろーがよ！　巨大生物との戦闘はロマンの一つなんだぜ！』

『こっちもなんだか悪役っぽい!?』

この時点で、そろそろ俺のテンションも最高潮を迎える。

ここで解説タイムだ。

『説明しよう！　タロリオンとは！　超金属タロメタルの装甲を持つ究極のロボット第一号機である！　本体である巨大ロボットにウイングがドッキングすることで飛行能力を手に入れ、さらに究極剣タロンソードを手にすることにより、はるかに強力な真のパワーを発揮するのだ！』

ちなみにこのロボットのコンセプトは――。

『昭和ロボよ永遠に』だ。

説明が終わると、目の前のディスプレイに顔だけ映したカニカマ君は完全に口を開けてぽかんとしていた。

『どうしたカニカマ君！　感動のあまり言葉もないかね！』

『いやぁ……、言葉はないですけど。……説明も叫ぶんですね』

『そりゃ叫ぶだろう！　叫ばずにおられようか！』

『……それで？　合体して真のパワーを発揮してどうするんですか？　危ないじゃないですか』

『危ない？　当然だろ？　こいつには……、たくさん詰まっているからな！』

『何がですか？』

『〝ロマン〟がさ！　熱すぎて迂闊に触ると火傷するぜ？』

『……』

カニカマ君はあくまで冷静だったが、それでも俺は盛り上げておかなければならなかった。

こういうのは恥ずかしがったら終わりなのだ。

『もう少しテンション上げようぜ？　男の子だろ？』

『無理ですよ！　こんなの初めて乗るんですから！』

『えーでも、外観がこういう感じになったのはカニカマ君の意見が決定打なんだよ？　ホラ携帯で送ったでしょ？　アンケート』

『ああ、あのスーパーかリアルかってやつですか。あれってアンケートだったんですか！　そしてこのロボットのどこにスーパーな要素があるんですか！』

『あるじゃん！　むしろそれがすべてじゃん！　このおもちゃにしやすそうなデザインを見てみろよ！　それにこの重量感たっぷりの金属装甲！　好きな奴は涎ものだろうがよ！』

ついつい熱を入れて解説してしまったら、ふと画面に映し出されたカニカマ君の目が気になった。

なんとも白けた冷たい視線は、わかり合えないことを如実に語っているのである。

『イミガワカリマセン、タノシソウデスネ』

『……大変申し訳ありませんが、自己満足の領分ですのでご理解いただけませんか？』

『……なんでいきなり下手に出るんです？』

しかし、そんな俺たちに鋭い檄が飛んできた。

『じゃれるな下々の者どもよ！　海中に逃げられる前に決めるぞ！』

そう言われればそうだった。

クラーケンと対峙していたことを思い出し、俺も意識を集中する。

だが、上空から見る化け物はあくまで強気だった。

こんな謎の空飛ぶロボットが出てきたというのに、むしろ戦う気満々なのである。

どうやら海の捕食者は撤退を知らないらしい。

ならば、と俺はスイッチを切り替える。そして不敵に笑って、ついにこの提案をするのである。

『了解！　……アレいっとく？』

『よかろう！　アレだな！』

『アレってなんですか⁉』

『必殺技だぁ！』

『よくは知らん！　行くぞ！』

『細かいことはどうでもいいんですね！』

もはやここまで来たら、誰も俺たちを止められない。

置いてけぼりのカニカマ君の声というＢＧＭはやや趣に欠けるが、とにもかくにも必殺技だ。

タロリオンはおもむろに腕を上げると、上空に魔法陣を展開。それを手に持ったタロンソードへ宿して、ガチャリと正面に構えた。

その瞬間、タロンソードの柄の部分から球状のエネルギー体が射出され、クラーケンを捕らえる。

展開されたエネルギーシールドに覆われたクラーケンは、上空へと上がっていく。ゆっくり海の中から引きずり出され、もはや動くことすらできないクラーケン。

コックピットに赤いランプが全面点灯し、タロリオンは必殺技モーションへ移行する。

刀身が不思議な光で輝くと、上空に向かって巨大な光の柱を作った。

タロリオンが剣を構え、空を駆ける。

機体のエンジンが唸りを上げ、それに呼応するようにタロリオンの装甲が燐光を帯び始める。

『魔導エンジンフルパワー！』

『魔力全開？』

『くらえ！　必殺剣！』

俺たちは魂の命ずるままに叫ぶ。

音声認識により安全装置が次々に解除され、タロリオンは光となる。

そして真の力を解き放つべく雄叫びを上げた。

キングが、あらかじめ聞かされていたその技の真名を高らかに叫ぶ。

『死の運命を受け入れよ……、次元断裂剣！』
一振りすると同時に世界の壁が切り裂かれ、黒い裂け目が十字を描く。
『余の運命が貴様を捕えた……。因果地平の彼方に消えよ！』
ゴウ！
裂け目が光の球体に捕らわれたクラーケンを一瞬で呑み込んでいく。
ギュオオオオ!!
大気が弾け、衝撃波が機体を叩くとクラーケンの最後の断末魔が聞こえた気がした。
タロリオンがタロンソードを振り、光の粒子を払うとすべては元に戻っていく。
海を割り、空を裂いた一撃の余波が収まる。
そこには、元よりも静かな海があるだけだった。
だからこそ、この男の高らかな笑いがよけいに響き渡るのである。
『フーハハハハハ！　素晴らしいぞ！　魔法使いぃ！　こいつは最高だぁ！』
キングは絶好調だった。
彼が高笑いを続ける一方、カニカマ君の攻勢が俺を苛む。
『なんてものを造ったんですか貴方は！　だから貴方はみんなに呆れられるんです！』
『あぁ……、賞賛と非難の板挟み。だが、後悔はしていない！』
『してくださいよ！　反省もですよ！』

こうして、俺たちの熱い戦いの一幕は終わりを告げたのだった。

「ああー！　もう！　なんだかとんでもないことに協力してしまった気がする！　貴方って人は！

その力を少しは人の役に立つことに使おうとか思わないんですか！」

「えーと、一応役には立ったかなって思うんだけど……。その過程で少ーし趣味に走っただけで」

「……少し？」

じろりと睨むカニカマ君の視線がおっかないので、俺は正直に白状した。

「少しではないですね。はい。全面的にですね。はい。わかっていますとも。はい」

「その通りです。反省してください」

カニカマ君がすっかりお説教モードになってしまったけれど、彼の表情は幾分ここに呼ぶ前よりもイキイキしている気がした。

その証拠に、タロリオンに向けられる彼の視線が熱い。

そこには、何かを成し遂げた男の子がいた。

俺はなぜか祈りを捧げてくる町の人たちに手を振ってみたあと、適当な場所にタロリオンを降ろしたわけだが、町人の見上げ方が、神降臨といった様子である。

ともかく、プロジェクトの成功に沸くキングと俺。

一方、カニカマ君は頭を抱えていた。

そんなカニカマ君の肩をポンと叩いて、俺は気休めの言葉を口にする。

「あー。いや大丈夫だって」

「何が大丈夫なんですか？　こんな危険な兵器を生み出しておいて」

……まぁ、確かに全然大丈夫なふうには見えないだろう。

ちなみにキングはまだ高笑いを続けていた。もうどうにも止まらないらしい。

だが、俺だっていろいろ考えているのは本当である。

カニカマ君が心配でたまらなさそうなので、キングに聞こえないようにいいことを教えてあげることにする。

「ちゃんと安全装置は考えてあるから」

「例えばなんです？」

間髪容れずに疑わしげに尋ねてくるカニカマ君。そんな彼に、俺はこっそり考えていた安全策を口にした。

「例えば合体するって言うのが味噌なんだけど、合体前の機体は実はそんなに強くないんだ。キングが乗り回してるやつは、戦闘力自体は巨人族とどっこいどっこいくらいしかないし。連続稼働時間は三十分くらいが限界だ」

「……短いですね。でもあの必殺技とか危険すぎでしょう？」

それはまぁ確かにそうだ。

あの必殺技は、どんな化け物だろうと世界の外に吹っ飛ばすという禁断の兵器である。

だが、その魔力はいったいどこから来ているのか？　そこが安全装置となる。

「いや、俺が搭乗していないと合体しても動かないんだよね。合体後は俺の魔力が動力源だし」

「……あー」

ようやく気がついたらしいカニカマ君は目を丸くして声を上げていた。

そりゃそうだ。

あんな危ないものを一人で動かせるようになどするものですか。

納得するカニカマ君だが、実はもう一つ朗報があった。

「それに、わざわざカニカマ君をこのプロジェクトに引き込んだのもリスク軽減のためなんだよ。俺たち三人が集まることなんてそうないだろう？　ちなみに、あの機体は搭乗者を限定する」

「つまり、僕ら以外には動かすこともできないと？」

「そういうことだね。かなりハードル高いだろ？」

「……そう言われたらそうですね」

世界中を駆けずり回る勇者。

たまにしか森から出てこない魔法使い。

一国の王様。

この三人が集まることなど、今日のように示し合わせでもしない限りはありえない。

この三人以外では動かすことはできないのだから、今後あの雄姿を見られる機会もなかなかないだろう。

多少残念ではあるが、一回動かすことができたので、とりあえず満足だった。

以上、これが安全装置のすべてである。

しかし考えれば考えるほど、こいつはお蔵入りに近いなぁと思える一品だった。

ただ、俺にも反省点はあった。カニカマ君が、まさかまったくロボットに興味がない人だとは思わなかった。今回は無理やりこんなことに付き合わせてしまって申し訳ない限りだ。

でも、仕方なかったのだ。少しくらい現代にいた人ではないと、きっとわかってくれなかっただろう？　必殺技のときに叫ぶなんて、なかなか理解してないだろうと思えたのだ。

何かお礼をしたいと思ったのだが、カニカマ君が何を喜ぶのかわからない。そういえば、最近カニカマ君が何をしているのかすら知らないことに気がついた。

「そういえばさ？　勇者君ってこの世界でどうするとかもう決めてるの？　やっぱり魔王のところに行くとか？」

俺は興味も半分くらいで聞いてみると、カニカマ君は何とも苦い顔で呟くように言った。

「……正直、迷っています。この前、魔王と直接会いましたから」

「そうだったよね確か。それで、どうだった？」

俺はマオちゃんの顔を思い出してみたが、勇者君がいったいどんな感想を持ったのかまではわからない。どうにもあの人はキャラが濃い。出会ったときの感想は人それぞれになりそうだ。

若干わくわくして言葉を待っていると、カニカマ君の感想は、どうやら好意的みたいだった。

「僕を助けてくれました。今までは魔王と戦うのが当然だって思っていたけど、……それが本当に正しいのかわからなくなったかもしれません」

「まぁ、戦うのが当然ってことはないか。所詮俺たちは本気で他所者(よそもの)だし」

「……はい」

シュンとしている年下の男の子に、異世界の先輩としても年上としても、何か言わなければならないような気がしてしまう。

これが先輩風を吹かせたくなる、という現象だろうか？

そもそも魔王と知り合いの俺に何か発言する権利なんてないとも思ったが、それでも何か言わなければならない使命感に駆られて、俺は台詞を絞り出した。

「と、とにかく、たぶん正解なんてないから、なるべく後悔しないように決めるといいかなって俺は思うよ？」

こんなものでどうだろう？

毒にも薬にもならない意見だが、割と俺の基本方針である。

しかしカニカマ君は顔を上げて、逆に俺に問い返してきた。

「貴方は……、僕がマオちゃんと戦ってもいいんですか？」

「む？」

それは俺とマオちゃんが友達と知っているからこその問いだろうが、確かに難しい問題だった。

だが、その点はある程度決めてあったりするのである。

「それは仕方がないって、他ならぬマオちゃん自身が言ってたしね。仮にそうなったとしても俺はどっちの手助けもしない。……はず」

ここまでは、そう。もう決めていた答えである。

たとえ友達同士でも譲れないことはあるだろう。彼らに立場があることも、それを大切にしていることも、俺は知っているからだ。

「……そうですか」

「でも……」

「でも？」

だけど。

俺は勇者君に曖昧に笑って見せ、少し決まりが悪い顔で、こう言うしかなかった。

「そのときが来たら、やっぱり手を出しちゃうかもね。わからんよ、そのときになってみないと」

「そうですか……。そうですよね」

でもまぁ、こっちも本音のような気がしていた。

どっちがいなくなっても、俺は悲しいだろうから。

そんな台詞に、カニカマ君はなぜか笑っていた。

「適当なんですね」

カニカマ君は呆れて言うけども、事実そう簡単に割り切れるようなものでもないだろう。

「……僕もまだ決めきれていません。でも必ず魔王城へは行ってみようと思います」

俺は思わず感心してしまった。

そうか、マオちゃんの家には行ってみるのか。

そこまで聞いて俺は、プレゼントを一つ思いついた。

なら、こういうのはどうだろう？

俺はそれを、さっそく奨めてみることにした。

「それじゃあ、魔王城に行くためのアイテムを全部そろえることができたら、プレゼントするよ、この飛行機」

そう言って俺はさっきまでカニカマ君が乗っていた飛行機を指差す。しかし、カニカマ君はただキョトンとしていた。

「え？」

何を言われたのか理解できていないようだったが、すぐに正気に戻って聞き返してくる。

「え？　な、なんでですか？」

そんなカニカマ君に、俺はあっさりと言うのである。

「なんでって……、ラストダンジョン前じゃ世界中を飛び回れるようになるのがお約束じゃないの？」

「……もういいです」

後ろで聞こえてきたのは、高笑いするキングの声。

そんな中、カニカマ君は年相応の少年らしい顔で頬を膨らませていた。

「なぁお前たち！　やはりメインの機体は余がこのまま城まで乗って帰ろうと思うのだが、どうだろう！」

「「どうぞどうぞ」」

「そうか！　だろうな！　余の機体を余が持ち帰ることに伺いを立てることもないか！　フハハハハ！」

キングはどこまでも愉快そうに笑う。

まぁ、なんにしても、なるようにしかなるまい。

この笑い声を聞いていると、いろんなことがどうでもよくなるそんな一日だった。

「ガーランドの双頭」と呼ばれる二人の王様のうち、一人は少し変わった趣味がある。

それは魔法で動く巨大なものが大好きだということだ。

土くれが動くゴーレム。鎧が動くオートマトン。石像に魂が宿ったガーゴイル。

それこそなんでも好きなのだ。

そんな趣味が高じて、空飛ぶ船を変形させる魔法の道具までどこからか見つけてしまうのだから、皆呆れているところがあった。

そしてついに、乗り込める人型まで手に入れてしまったというわけである。

城に持って帰ってきたそれをうっとり眺める王様は、こっそりとこんなふうに言われたものだ。

相当の変わり者だってね。

4

黒シャツ、黒ジーンズは故郷から持ってきたが、黒マントは自作。胡散臭い見た目だとは思いつつも、今さら衣装を変更するのは気恥ずかしい。

ひそかにそんな悩みを抱える俺、紅野太郎は魔法使いである。

午後のティータイム。

今日語らう相手は、大きな熊さん……。ではなく、ダークエルフのクマ衛門(えもん)だ。

実際、その見た目は完全にモコモコした熊さんみたいなのだが、彼の耳の先はエルフらしくちゃんとどんがっていた。

しかし道を歩く彼を見かけても、ダークエルフだと初見で見抜くのはほぼ不可能だろう。

それ以上に、家事を標準以上の腕でこなし、素晴らしい手際で紅茶を淹れる姿のほうがインパクトがあった。

「がうがう！」

「ほっほう。猫の村か。それはなかなか面白いね」

「がう」

「そうだなぁ、機会を見つけて行ってみたい」

そう言いながら俺は紅茶をすする。

その紅茶は、びっくりするほど香り豊かだった。

クマ衛門はちょっとした昔話を語ってくれたのだが、話し上手で面白い話をたくさんしてくれた。

ただ、彼と話す際には注意しなければならないことがある。

彼は獣人の血を強く受け継いでおり、やはり人とは異なる身体の構造を持っているのである。

具体的に言えば、喉の構造が完全に人間とは違う。

そのため、彼が発声する言語は特殊なのだ。

彼のような種族の言葉を理解できるのは同種族か、俺のようにかなり特殊な翻訳魔法をかけられた者だけ。結果、どうしても当人同士しか通じない会話になってしまうものだから、じっくり話すことは珍しくもある。

何にせよ、特にすることがない午後のひと時、クッキーでもかじりつつ、彼とおしゃべりに興じるのも悪くない。

「そういえば、マガリは確か猫好きだったはずだ」

「がう？」

俺はふとそんなことを思い出して話題にしてみた。

しかし、クマ衛門には「マガリ」という名前が誰のことか理解できなかったようだった。

「ああ、そうか。セーラー戦士だよ。セーラー戦士の本名。天宮マガリって言うんだ。名前で呼べって怒られちゃったんだよ」

「がう」

「そうかな？　俺としてはセーラー戦士のほうがもはや言いやすいけどね」

「がうがう」

「乙女心がわかってないって？　いやいやいやそういう問題？　そういう問題なのかなぁ……」

そうだ。俺は、ずっと同じ世界からやってきたその少女のことをセーラー戦士と呼んでいた。

それにもかかわらず、突然名前を呼ばなくてはならないというのは、くすぐったい気分になる。

乙女心というのはよくわからないけど、あだ名で呼ばれるのが嫌なら仕方ないだろう。他ならぬ本人がそうしてほしいって言っているのだから仕方ない。

そんなことを考えていると、リリンと玄関の呼び鈴が鳴った。

「お、来たかな？」

「がう？」

「ああいいよ、たぶん俺の客だ」

「がう」

噂をすれば影。今日来ると連絡はあったが、話題に出ているときに来るとは、なかなかタイミングがいい。

玄関を開くと、そこにはセーラー戦士、もといマガリがにっこり笑って立っていた。

「や。ちょっと遅くなっちゃったかな？」

「おお、いらっしゃい」

俺はマガリを招き入れ、荷物を預かる。

結構な大荷物のようだが、中に何が入っているかは俺にも大体わかっていた。

それにしても、あの騒ぎからそう日にちも経っていないのに、こうして普通に交流しているというのは不思議な感じだった。

マガリは元の世界に帰還を果たした。

本来であれば、永遠の別れとなってもおかしくはなかったのだが、それでも、こうやって顔を出してもらっているのは今後の配慮というやつだった。

一度こちらの世界に来て魔法を習得してしまうと、大なり小なり身体にも変化がある。

肉体が強化されてしまうというのはその最たる例で、老化もしにくくなるし寿命も伸びてしまう。なら、完全につながりを絶つのではなく、多少の交流はあったほうが都合がいい。というわけで、できるだけ簡単に移動ができるようにしたのは俺だった。

それからというもの、マガリは暇を見つけるとこちらにやってくるようになったのだ。

「どうよ、それの具合は？」

そう言って俺が指差したのは、彼女がしている腕輪だった。

「大丈夫。目立たないようにしてくれたから、普段も身に着けられて助かってる」

「そっか、問題がないならよかった」

一見すると銀色の腕輪にしか見えないアクセサリーだが、それには異世界を渡る魔法がかけられている。

魔力供給がいるものの、多少コツを掴めば、戻る日時を一日二日くらい調整できる。

俺はマガリをお茶の続きに招待すると、クマ衛門も優しい目でマガリを迎え入れた。

彼女の分のカップを取りに席を立つクマ衛門を見送り、マガリはブレスレットに触りながら曖昧に笑っていた。

「今日もいろいろ持って来たよ。けど、何度来ても変な感じだよね。なんだかこんなふうにただ遊びに来る日が来るなんてさ」

言われてみれば、まぁそうかもしれないが、人生そんなこともあるだろう。

「そう？　まぁ気軽に遊びに来るといいよ。っていうか、結構がんばってそのブレスレットは作ったので、ぜひとも活用してください」

「うん。ありがとう。私も、向こうの世界で面白いものを見つけたら持ってくるよ」

「それな！　それ結構重要ね！」

俺はその点は強く同意した。

やはり元の世界の面白そうなものを持ってきてもらえると、いろいろと捗る(はかど)というものだ。

こう言うとマガリは微妙な顔をするが、小さなギブアンドテイクがあるくらいのほうが気兼ねのない付き合いができるのでちょうどいいだろう。

それをわかっているのか、マガリはすんなり礼を言った。

「いいよ。お安い御用だ。生活もだいぶ安定してきたし、これから少しは恩返しができるかもしれないかな？」

「ははは。恩なんて気にしすぎだって」

妙なことを言い出すマガリである。

実際、マガリに降りかかったすべてのことは事故のようなものだった。

成り行きで手助けしたこともあったが、基本放置していた身としては偉そうなことなどとても言えるわけもない。

ともかく、起こってしまったことは変えられないのだから、一刻も早く新しい生活のほうに目を向けてもらいたい。

「元の世界に帰れたし。こっちでバカンスもできるようになった。めでたしめでたしってことでいいんじゃないか？」

「いいのかな？　そんな適当なまとめ方で？」

「いいんだよ。事実その通りなんだし」

なぜか不安そうなマガリだが、深く考えすぎないのも大切である。

無事に済んだのならそれが一番いい。丸く収まったというのなら、さらに俺に言うことはない。

それよりも、こうして今、談笑できているのが台無しになるほうが大問題だ。

クマ衛門がマガリのカップを持って戻ってきたら、さらに話を弾ませたいと俺は思った。

なにやら紅茶は煮出す温度や、タイミングしだいでそのポテンシャルを最大まで引き出せる、とはクマ衛門の言である。

さっそく戻ってきて、素人目に見ても素晴らしい手際で紅茶を入れてくれるクマ衛門の仕事にしばし見とれ、俺たちは和やかな気分で世間話を再開した。

「心配事はたくさんあるだろうけど、今はいいじゃないか」

「そうだね。私もこっちのいいところを堪能しないとね」

それは結構。俺もそうしてくれるととてもうれしい。

ならば、俺もちょっと気楽にやっているところを見せようと、こんなことを言ってみた。

「そっか。そりゃよかった。なら、俺もそろそろ旅の一つでもするかなぁ」

「旅？　パソコンを配りに行ってるのは違うんだ？」

「違う違う、単純に観光をしてみたいんだよ。実は面白い話をさっき聞いてさ？　これは行ってみたいなと」

「へーいいね。旅行かぁ」

興味を示すマガリ。話していてちょっと楽しくなった俺は、何の気なしに言ってみた。

「まぁ、せっかくの異世界だから、できる限り出かける機会は作っていかないと。なんなら、マガリも来る？」

そのとき、クマ衛門がガジャンと食器の音を立てる。

クマ衛門には珍しいことだったが、彼にだって失敗することくらいあるだろう。

マガリはきょとんとして、クッキーを食べる手を止めた。

「え？　旅行に？」

「そう。クマ衛門の話じゃ猫の獣人が暮らしてる村があるらしくって……」

「行く」

やはり、猫好きなマガリは強烈な興味を示した。

「がう!?」

クマ衛門は口を開けてマガリを見ている。

注いだお茶がこぼれたが、いいのだろうか？

「来る？」

「うん。絶対行く」

そうはっきり言うマガリは、もうすでに頭の中は猫のことでいっぱいのようだ。

軽い気持ちで、半分冗談みたいなものだったのだが、そんなに楽しみだというのなら本気で企画するのもいい。なんにせよ思い立ったときに行動しないと、立ち消えになってしまうなんてことはざらにあるのだから。

「そう。なら向こうの暦（こよみ）で来週末とかに行ってみようかな？」

「スケジュールを空けておくよ。荷物は置いていくから今日はもう帰ることにする。来週の準備が必要だからね！」

「お、おう」

ハキハキ言うとマガリは一気に紅茶を飲み干して、「それじゃあ」と、とてもキリッとした顔で手をかざす。

俺はそれを、なんだかなぁと思いながらも見送った。

「ん？」

だがそこで、クマ衛門が完全に固まっていることに気がつき、俺は尋ねる。

「どうしたのさクマ衛門？　そんな変な顔して？」

クマ衛門はハッとして、恐る恐る聞いてきた。

「がうがう（その、お二人は……、すでに二人で旅行をなされる仲なのでござるか？）」

「へ？　ああいや、まぁ……、旅自体はしたことあるんだけど……、ん？」

そして俺は今、自分が何をしたのか理解して固まる。

二人だけで旅行か……。

「んんんん？」

なんだかとんでもないことを決めてしまったのではないかと、俺はその瞬間気がついて体が震えた。

私は鼻歌交じりに帰途につく。

まったく予想していなかったが、まさか猫の獣人の村なんてものが存在するとは驚きだった。

「そうか……、猫の村か……。猫と話ができたりするのかなぁー。できるといいなぁ」

私、天宮マガリは、この間までセーラー服をずっと着ていたというのもあってセーラー戦士と呼ばれていた。

そんな印象は折を見て返上していきたいところだったが、……とはいっても、オシャレなんていまいちよくわからない。

そんなわけで、現在セーラー服に似たような雰囲気の服装をしているのは、一身上の都合である。

だが、こんなことで悩むというのは、少し前までなら絶対考えられなかった。

こっちの世界に召喚されてから、私はずいぶん当てもなく彷徨(さまよ)った。

その成果があったと言えるかは微妙なところだが、結果、元の世界に戻れたのだから、無駄ではなかったと思いたい。

戻されたときは、こちらの世界で空から天使やら何やら落ちてきていろいろ混乱があったと聞いた。でも、基本的にはそう変わってはいないらしい。

私の生活も元の状態とはいかないけれど、異世界にいたときよりは幾分平和な日常を取り戻しつつある。

そんな結果につながったのは、たくさんの人たちの協力のおかげだし、中でも太郎の助けなしには達成できなかっただろう。

本人にそんなことを言ったら笑われてしまうかもしれないが。

かっこ悪いところもたくさん見せてしまったので、どう接したらいいのかわからなかった。

どうにも距離感を測りかねているところはあったが、しかしここ最近、私としては結構ほどよい距離感のいい関係を築けているんじゃないかなと感じていた。

「……まぁそうだね。旅行はいい機会かもしれないな。旅先で合流したことはあったけど、こうやってちゃんと二人で出かけるなんてことは初めてなんじゃ……、ん？」

いや、ちょっと待って。旅行？　誰と誰が？

「んん？」

先ほどまで舞い上がっていたけれど、急に冷静になってきた。

ほどよい距離感の関係を……、築いているはず。

であったのだが、果たして、恋人関係でもない男女が二人っきりで旅行など適切な距離感といえるのだろうか？

気がついたとたん、私は猛烈に焦りを覚えた。

「いやいやいやいや……、まずいだろう。それはどう考えても……、まずい」

何がまずいって、それはもう、何はともあれまずい気がする、とても。

「ど、どうしよう……」

ちなみに言い訳のようだが、私は無類の猫好きである。

なんだかいろいろあったが、ついに週末を迎えた。

乾いた土をざっと踏みしめる、男女。

会話はほぼなく、妙な雰囲気が漂っているのだから、周囲の視線が集まってくるのも仕方ない。

「……ここだな」

「……そうだね、ここだね間違いない」

俺は、横目でちらりとマガリの顔を確認した。

目が妙に鋭い。その雰囲気は鬼気迫ると言っていいだろう。

格好はいつものセーラー戦士でとても似合っていたが、ものすごく巨大なリュックを背負っているのはおかしい。さらにそのきつい表情によって、カオスな雰囲気をかもし出していた。

ひっと喉元から声が漏れそうになるが、どうにかこらえる。

これはひょっとして……、怒らせてしまったのだろうか？　いや、まさかそんなわけがない。

「がうがう……」

実は、クマ衛門を連れてきてしまったのだが、そんなに怒りを買うようなことはないはずである。

……へたれな俺を笑ってやってほしい。

「……」

旅の道連れが一人増えたところでマガリが怒るわけがない。そのはずだったが、俺の考えは見当はずれだったのだろうか？

結果、俺の顔はものすごく強張ってしまったわけだが、そこは考え直した。

なにせ、せっかくの旅行である。

マガリにはぜひ楽しい時間を過ごしてもらいたい。俺は無理やりテンションを上げてみた。

「よし！　いざ行こうじゃないかマガリちゃん！」

元気よくそう呼びかけてみると、マガリはしゃっきり背筋を伸ばして、びっくりするくらいの笑顔を向けてきた。

「……そうだね！　いやぁ楽しみだなぁ！」

あれ？　そんなに不機嫌でもない？

どうやらさっきまでの雰囲気は、俺の勘違いだったらしい。

ちょっとだけほっとした俺は、この日のために作った、猫の村マップを全員に配布した。

というわけで、クマ衛門をお供に加えてやってきたのは、猫の村。

猫たちの暮らす、獣人の村だ。

獣人とは獣の要素を兼ね備えた人のことで、ほとんど人間にも劣らない知能を持っている。

その見た目は多種多様。交じっている獣の種類も、その交じり方も様々だ。

同じ種類の獣人でも見た目はまるで違っていて、顔だけ獣になっている獣人もいれば、四足歩行なのに人の言葉をしゃべれる獣人もいる。

この村には名前の通り、猫の獣人が寄り集まって暮らしているというのだが……。

村の入り口では、見た目は完全に猫の少年が人間のように二本足で立っていた。

「こんにちはにゃ！　ここは猫族の町だにゃ！」

元気よく挨拶してくれる、二足歩行のブチ猫君。

肉球をふりふりしてくるその姿は、実に愛らしい。

「ほっほう！　どうもこんにちは！」

「こんにちはにゃ！」

普通に返事をしてくれた！

それはまるで、極限に完成度の高いテーマパークに来たようなわくわく感だった。

もちろん俺は楽しんでいる。

だが――、俺以上にこの場を楽しんでいる女子がいた。

「……おー」

彼女は青い大きな瞳をキラキラと輝かせてしゃがみ込み、ブチ猫の頭をなでている。

「お姉さんくすぐったいにゃあ！」

そして突き出された猫の少年の手のひらを掴み、肉球をぷにぷにぷにぷに、と触る。

もし彼女がポニーテールを動かせたなら、喜ぶ犬のように勢いよく左右に揺れていそうだった。

「……おーー」

「お、お姉さん？　獣人がめずらしいのかにゃ？」

さらには、がっつりと子猫を脇の下から抱き上げる。そして何を思ったのか、高い高いしながら回り始めた。

「おーーー！」

「うにゃーーー!!」

マガリは完全に我を忘れている。

今確信した。

うむ。連れが一人冷静さを欠くと、周りのこちらは妙に冷静になるもんだ。

子猫が目を回し始めたので肩を掴んで止めると、マガリはようやく正気に戻ったようだった。

「やめときなさい。嫌がってるから……」

「……ご、ごめん！　ついテンションが上がってしまって……、ホントごめんね？」

「ふにゃー！」

ブチ猫君は解放されるやいなや、泣きながら全力で逃亡していった。

「ああ……」

小さくなっていく後ろ姿に手を伸ばしてへこむマガリ。ちょっとおもしろかったが、さて、ひと段落したところで一応確認しておこう。

「えーっと、やっぱり猫好きなんだなぁ。改めて思ったよ」

「え？　嫌いになれるわけないじゃないか、あんな愛くるしい生き物」

そう言って首をかしげるマガリ。でもその目に、俺は若干狂気じみたものを見た。

「うぅーん。そうですよね。可愛いもんね。猫」

笑顔で肯定しつつも、気迫に押されあとずさる。

だが、俺も人のことは言えなかった。

そのとき、ふと女の子が俺の脇を通り、俺はその姿を目で追うことになったのである。

なぜ俺の視線が持っていかれたのか。それは、そこに、獣人の奇跡を見たからだ。

彼女の外見は、ほぼほぼ人間だった。

ただし、彼女の耳と尻尾は猫。さらには、手と足の部分だけ猫っぽいという肉球美人である。

サッと、前もってポケットに準備していたものに手を伸ばすと、俺は走った。

「すみません！　そこの道行くお嬢さん！　写真撮らせてもらっていいですか！」

「は、はぁ……」

ナンパなんてしたこともない俺も、このときばかりは別である。

この日のために用意した、高解像度カメラは伊達ではなかった。

「いやぁ！　お姉さんかわいいですね！　黒猫さんですか！」

「は、はい。そうですけど……」

「目線！　もらっていいですか！」

了承を得て、思うままシャッターを切る俺。マガリはそんな俺の頭をガッツリ掴んで制止した。

「やめようよ……。みっともない」

俺、なぜだか、宙吊りである。

下からきわどいショットを狙うというローアングラー化しそうになったのは、さすがにまずかったらしい。

「あたたたた！　アイアンクローで宙吊りにするのはやめて！」

この隙に、一目散に逃げ出してしまう黒猫のお姉さん。

ようやく解放され、崩れ落ちて膝をついた俺は、さっきの焼き直しのような状況を見た。

「……」

「……」

やってしまったことは、マガリも俺も同じなのに俺のほうが犯罪性が高そうなのは問題だ。子供を泣かせたんだからマガリのほうが悪質な気もするのに。

気まずい沈黙は、二人そろってデジャヴを感じたからだろう。

咳払いをして、今度はマガリが俺にまったく同じ質問をした。

「猫……、好きなの？」

「ええまぁ……、テンション上がっちゃって」

リアル猫耳。その甘美な響きは心にしみる。

しかし、マガリの眉間はしわを刻んだ。

「ああいう子、見るの初めてじゃないでしょう？　カニカマ勇者のときだって猫耳はいたし」

感動を噛みしめている俺にマガリは言った。

確かにマガリの言うとおり、今までほぼ完璧といっていい猫耳の獣人に出会ったことはあって、それは勇者のパーティにいたのだ。

その獣人の女の子は、猫耳に尻尾つきの完璧な猫耳美人だった。

ただしそのときは、猫がどうだとか、可愛い女の子がどうだとか、そんなこと言っている場合じゃなかっただけだ。

思わず緩んだ顔でマガリの顔を見る。

「な、なに？」

「……いや、あのときは正直それどころじゃなかったなと。でも、マガリもあの猫耳さんのときは、そんなにテンション高くなかったような？」

マガリの守備範囲に入っていそうなんだが、わかっていないと首を振る彼女はギリッと歯を噛みしめた。

「猫耳を女の子に付けたって、それがなんだっていうんだ。あんなのは猫もどきだ。いや、猫ですらない！」

真剣な顔で語るマガリ。好きだからこそのこだわりがあるらしい。

言いたいことはわかる。猫耳を付けていても、それは女の子ではあって猫じゃない。

「俺なんかは、天然の猫耳娘がいるって聞いただけでテンション上がるけどなー」

つい口を滑らせてしまった。

俺に向けられたマガリの視線は、そういうのは聞いたことがあると言わんばかりに冷ややかだ。

「……好きだよね。男の人って」

だが、その評価はいただけない。

俺は、ただの猫耳が好きなわけじゃない。自然な猫耳というものに素直に感激しているのだ。

ここは大事なところだった。

「いや！　それは違う！　猫耳なら何でもいいわけじゃないんだ！　実際、付け耳とかの偽物っぽさはどうかと！　個人的には絶対に二次元と三次元の不気味の谷ってあると思うんだよ！」

「猫耳に強いこだわりがあることはわかったけど……」

「いやいや、そんなこだわりというほどのものでは。だけど、やはり血の通った耳でなければ、一体感は出ないいんじゃないだろうか？　いつかそんな壁を人類が突破する日を信じたいものだね」

「そんな壮大なのにどうでもいい話、初めて聞いたよ。そして、できれば聞きたくなかった……。でも、猫を語るのに、あの耳が重要だってことは百歩譲って認めてもいい」

「うむ。猫好き皆兄弟だ」

「一緒にされたくないな」

マガリと俺の美学は、近くて遠いようだった。

どうやら猫好きと猫耳好きの間にも、埋められない溝があるらしい。

いやいや、俺は猫も好きだけどね。

「がうがう（さすがに、どちらも今回ばかりは擁護できんでござるよ）」

ところが、一歩引いた冷静な立場から、クマ衛門が白い目で一言。それを聞いて、俺は正気に戻った。

俺たちはいったい、獣人の村まで来て何をやっているのだろう？

これではまるで、一般常識が欠如したマナーの悪い観光客そのものだ。

「よそう。ダメだ、旅人にだって守るべきマナーはある、当然そうだ」

俺が頭を振ると、マガリも口論を経て反省したらしい。お互いに深呼吸して、仲直りの握手をする。

「そうだね……。落ち着こう、今の私たちは最低だ」

「そうね。あ、でもさっきの写真は本人に許可取ったんだし、残しておいてもいいよね？」

「……」

マガリに見せた黒猫お姉さんの画像には、心底困惑した顔がばっちり写されていた。ついでに隠し撮りした子猫を振り回すマガリも写っていたが……。写真機ごと強奪され消去、というか、粉砕された。

「ああ！　俺の画像！」

「いいの！　まったくもう！」

そこには一片のためらいもなかった。無慈悲な踏みつけだったが、あんなに簡単に写真機が粉々になるとは……。

「あー……」

「きちんと仕切り直そう。証拠はない。いいね？」

とにかく猫の村とは誘惑が多い。そんな気がする場所だった。


猫の村とはいえ、そこはやはり生き物の住む集落である。

藁葺き屋根の円柱形の建物が立ち並んでいて、普通に生活の空気もあった。

羽目を外しすぎたのは最初だけ。

それから俺たちは、本当にただの観光客のように村の散策を満喫した。

猫の獣人と一口に言っても、実際目にすると、そのバリエーションの多さに感動する。

座れる店を発見し、俺たちはお互いに散策の成果を話し合った。

丸テーブルに対面に座るマガリの顔がツヤツヤしていたが、照かっているのが見間違いではないのは彼女の笑顔が証明していた。

「いやぁ……、獣人には今までも何度も会ったことはあったんだけど、こうして猫の獣人だけ集まっているところを見るとすごいなぁ。いろんなタイプがいるんだね！」

「俺、顔だけ完全に猫の店員さん見つけた。あれはやばいな、バイオリン売ってた」

「私は露店で、猫のしっぽのお守り買っちゃった」

「え？　それって大丈夫なの？　猫が猫のしっぽを売るって？」

「……たぶん本物じゃないんでしょう。毛とか集めて作ったんじゃないかな？」

「それもどうなんだろうか？　猫的に」

「……やめよう。深く考えちゃダメな気がする」

「そうだね」

人間の視点で考えるとどうにも釈然としないが、そういうものとして受け入れることにしよう。

マガリもそっと件のお守りをカバンに戻していた。

「がうがうがう（それにしても活気のある村でござる）」

クマ衛門もそわそわしているようだ。やはり同類の住む村は、彼にとっても楽しいものなのかもしれない。

「クマ衛門も、やっぱ獣人の村は落ち着く？」

「がうがうがう。（そうでござるな。言葉が通じるので買い物はしやすいでござる。もっとも、ここで使える硬貨の持ち合わせはそんなにないでござるけど）」

「あー、なるほどね……。なら思う存分買い物してくるといいよ」

そう言って俺は財布を取り出す。

「がう!?（いいんでござるか!?）」

「大丈夫だとも、あっと、で、これ軍資金！」

そしてそれどさりを渡すと、クマ衛門は驚いていた。

「がうがう（そ、そこまではさすがに……）」

クマ衛門はその財布を返そうとしてきたが、これはささやかなお礼だ。

「いや。元々これはクマ衛門に渡そうと思って持ってきてたんだ。今日は無茶言って来てもらったし、それにいつも森の中じゃ、いろいろ手に入れにくいだろう。日頃の感謝も込めて」

「……がうがう！　がうがうがう！（……うう、かたじけない！　では行ってくるでござる！）」

涙ながらに飛び出していくクマ衛門。そんな彼を、俺とマガリは優しい眼差しで送り出した。

「やっぱり普段言葉が通じないって結構ストレスだったりするんだろうか？　するんだろうなぁ」

「太郎が魔法で何とかしてあげられないの？」

「できないことはないと思うけど、言語系はね。ちょっと危ないし」

「えー……、冷たいなぁ」

「本人から頼まれたらやってもいいけど」

まぁ、極端な話、今までの生活が一変するようなことにもなりかねないのだから、慎重にもなる。

趣味くらいなら気軽なものだが、あまり人生が大きく変わりそうな魔法は安売りしすぎないのがポリシーである。

実際こうして獣人の村に来てみると、そんな魔法がなくとも獣人の交流がきっちり成立しているようであった。

それどころか、獣人たちは思っていたよりもずっと文化的な生活を送っていて、今こうして座っている飲食店だって、普通の人間までカバーしたメニューがそろっている。

若干魚料理が多い気がするが、猫の村なわけだしそれはご愛嬌だろう。

だが、俺は改めて気がついてしまった。

クマ衛門がいなくなったこの状況。目の前には、楽しげに話すマガリがいる。

二人きりである。

意識してしまうと、どうにも調子が狂ってしまう。

「……えっと。なんと言うか。今日はありがとね？　付き合ってもらって」

「こちらこそ。連れてきてくれてありがとう」

「た、楽しい……、かな？」

「う、うん。すごく楽しいよ？」

「そりゃあよかった！」

だ、だめだ。俺はうっかり物を落としたフリをして、テーブルの下に一時避難。

ぶはっと息を吐き出した。

「……！」

なんだこれ!?　なんでこんなに緊張し始めた俺！

さっきまでただ楽しいだけだったのに、この変化は異常だった。

会話も急にたどたどしくなって、マガリもなんだか変である。

これはひょっとして……、クマ衛門が言う通り、お互いに意識しているというのか？

ガツンと跳ねた身体が、テーブルにぶつかってしまう。

いやいやいや、それはないから！　自意識過剰もいい加減にしろよ太郎この野郎！

あんなかっこいい子が、お前なんぞを意識しているわけがないだろうが！

俺は呼吸を整えた。

あまりこのまま潜（ひそ）んでいるわけにも行かない。不審に思われる前に、俺はようやくテーブルから顔を出した。

一方その頃、テーブルの上では——。

太郎の顔がなくなったことで、私は一息ついていた。

どうしよう……。なんかすごくぎこちない感じになってる！　せっかく調子を元に戻したのに、これでは台無しじゃあないか！

口元を両手で覆い、呼吸を止めて高速で様々な考えをめぐらす。

いや、だってそうだ。太郎がいきなり旅行になんて誘ってくるから、そもそも動揺してるんだよ。

めちゃくちゃ緊張したし！

どうしようかと思ったし！

最初なんてどんな顔していいかわかんなくって気分は戦闘前みたいになってたから、もう表情がどんなことになってるのかって気が気じゃなかったし！　来てみたらクマ衛門もいたから、なんだ二人きりじゃないのかってちょっとほっとしたけど！

それに、私が自意識過剰だったんだなって安心したんだけど、ちょっとモヤッとしたというか。

違う違う、そうじゃない。

こんなのは全然私らしくない。平常心だ、平常心を保てよ私。数々の強者たちと相対してきた私が、この程度で動揺するほうがおかしい。

今日の旅行は、観光旅行。

仲のいいお友達と旅行なんて、普通だよ、普通！

テーブルの下から太郎の顔が上がってきて、私は笑顔のマスクを貼りつけた。

顔を上げると、マガリはずいぶんとニコニコしていた。

「ああ、ゴメンゴメン！　ちょっと落とし物しちゃって！」

「そうなんだ。落とし物は見つかった？」

「もうばっちりだとも。何の話をしてたかな、えっと、猫の村、思った以上に楽しいよね？」

こちらも何の意地だかわからないが、努めて普通に話しかけると、猫の話題だというのにマガリはいつもよりさらにクールな微笑で答えた。

「ああ、それは私も思ったよ」

「たぶんマガリが行くって言ってくれなきゃ来なかったと思うし。やっぱりマガリに感謝だなぁ」

「こちらこそだね。それに私たちは友達だろう？」

「……そうね。そうだね」

「だから、旅行くらい普通のことさ」

さっきまでとはまた雰囲気が変わって、マガリは妙に落ち着いていた。何かがあったようだ。

机の下に潜ったのが、ちょうどいいインターバルになったのかもしれない。

そうね、友達。間違いなくそうである。

「そういえば、村を散策したとき、面白い噂を聞いたよ」

ごく自然に話題を振ってきたマガリ。こういう感じが正しい。

ならば、俺もマガリの話題に乗っかることにした。

「面白い噂？　へぇ、村の人に聞いたの？」

「そう、なんだか噂を集めるの癖になっちゃってて。なんでも最近、この村で失われた古代の魔法が復活したんだって」

どうにもマガリは、旅先で魔法の噂を収集しないと落ち着かないらしい。

だが、確かに俺のほうも偶然その噂は耳にしていたのだから、さほど苦労して手に入れるようなものでもないのかもしれない。

「ああ、それなら俺も聞いたな。古代の魔法か……。ふーん、なんかいろいろあるもんだなぁ。結構そのあたり掘ったら出てくるんじゃないか？」

最近俺の周りでは、むしろ属性魔法で火を出したり水を出したり、っていう普通の魔法のほうが珍しいくらいなのだが……、俺の意見は一般論としては通用しないだろう。

「はは、そこまでお手軽ではないと思うけど、珍しい魔法自体はあったりするんだよね。一般に流通してないだけで」

「だなぁ。手に入れたら、一種の特殊能力扱いってパターンは割と多いってことなんだろうな」

どんな魔法かまではわからないが、何か珍しい魔法が復活したという噂はそれなりに広まっているので、思いのほか信憑性(しんぴょうせい)があるのかもしれなかった。

「うん。そうだよ。実際珍しい魔法を使う相手は結構面倒くさいんだ」

「ここにある魔法がどんなものかっていうのは何か聞いた？」

「そこまではまだ。噂になるくらいだから、探せば何か出てくると思うけど……」

続く台詞は、俺にも予想が付いた。

「その必要もないわけか」

「だね。せっかくの猫の村に来たんだもん。正直に言って魔法探しよりそっちを堪能したいよ」

「だろうね」

「だろうねって何さ？」

「えぇー、そりゃあ今までの態度を見てたら邪魔しようって気は起きないって」

マガリは唇を尖らせて何か不満があるようだったが、彼女の熱狂を見れば、むしろ他のことをしようって言うほうが違和感がありますとも。

俺だって、せっかく旅行に来たんだ。カワズさんあたりなら、その魔法を是が非でも見つけ出せとか言いそうだが、そんなの真っ平ゴメンだ。

でも、それでいいだろう。

大体せっかくの旅なのに、面倒ごとに首を突っ込むのでは今までと変わらない。

それはあまり歓迎できない話だ。

「ま、縁があったらちょっと見てみてもいいけど」

「そうだね。面白いかもしれないけどね」

俺はマガリの顔を見つめる。

まぁちょっと意識しすぎてしまったが、楽しく遊んで満足してくれれば、旅行を企画した意味は十分あると言えるだろう。

出会いもまたそう。

思いもよらない出会いは旅行につきもので、何か新しい楽しみにつながるかもしれないし。

「ねぇ、貴方たち旅行者？」

「へ？」

そう、さっそく思いもよらない出会いである。

声のした方向をたどって見上げた俺は、大きなショックを受けた。

犬耳だ。

とても……、犬耳だった。

ニッコリと微笑む人間の美女に、ごく自然に犬耳が付いていたのだ。猫の村にあるまじき犬耳だが、あえてそこに疑問は挟むまい。

俺は自然に和みながら、新たな出会いに感謝した。

「なんという犬耳美女……。こんな出会いがあろうとは」

「……声に出てるよ」

おおっと、コイツは失敬。

俺は笑みを浮かべて、旅行者らしく振舞った。

「ええ、そうなんですよー。旅行者です！」

もはや、どう取り繕っても手遅れかとも思ったが……。

犬耳の彼女は手を叩いて喜んで、さらりと流してくれた。

「やっぱり！　人間はこの辺じゃあんまり見ないからとっても珍しいわ！」

犬耳さんは自然に俺の隣に座って、親しげに話しかけてくる。

何より距離が近い。そしてチラリと見えた尻尾が左右に揺れている。これ重要である。

「いいところでしょう？　私はあまり馴染めてないかもしれないけどね。じゃあ旅人さん！　楽しんでいってね！」

「はいはい、もちろんですとも」

すぐに離れていってしまった犬耳美女を名残おしく思いながら、俺は手を振って見送る。

ずぞぞ！　ぞぞ！　と、手元の飲み物を音を立てて飲むマガリ。きっとわざとだ。

ただ――その犬耳の女性は、彼女とすれ違った猫の獣人から呼び止められていた。

聞き耳を立てると、会話が聞こえてきた。

「おいあんた、馬鹿なことをするもんじゃないぜ」

「……何よあんた？」

犬耳女性が振り返るのとほとんど同時に、俺も声の主を目で追う。

「ん？」

「わあ！」

同時に今度は、マガリの目が輝いた。

彼は三毛猫だった。身体は完全に猫そのものだが、二足歩行はできるらしい。

ちょっとお腹は出ているものの、毛皮の上から履いているブーツと服一式も合わせてものすごくファンシーだった。

呼び止められた犬耳女性は、不機嫌そうに猫を睨む。

「な、何か文句があるの？　私急いでるんだけど？」

「何よじゃねぇよ。手を出すにも相手を選べ、間抜け。あんたが財布をすった兄ちゃん、とんでもない魔力してるぜ？　見たところ、あんた人間寄りで感覚も鋭くねぇんだろ？　小銭すって村が滅んじゃかなわねぇってんの」

猫の獣人の手には、見たことがある財布が握られている。

その正体がわかった俺は、ポツリと呟く。

「あ、俺の財布」

「え!?」

マガリが驚いている。

犬耳の女性は、財布を見て顔を強張らせていた。

彼女が自分の懐（ふところ）を確認しているのを見て、俺はようやく何が起こっていたのかを知った。

「ぐっ……！」

うめいて逃げだした女を、猫の獣人は見送る。

そして、とことこと歩いてくると、取り返してくれた俺の財布を放ってきた。

キャッチして俺が呆然としていると、猫の獣人はにやりと笑う。

「あんたも、あんなのに引っかからないでくれよ」

「あ、ありがとうございます」

思わず頭を下げる俺。

なんということだろう。スリとか怖い！

だが、拾う神もあるものだ、世の中捨てたもんじゃない。

俺がまるで神様を崇めるように猫の恩人を拝んでいると、彼は決まりが悪そうに頭を掻いた。

「いいさ。大したことじゃない」

そのまま歩いて去ろうとする三毛猫の獣人を、俺は呼び止めた。

「ちょっと待ってください！　せっかくだからお礼をしたいんですけど！」

ここで恩も返せないで何が魔法使いか、という話である。

だけど、その申し出は面倒くさそうに断られてしまった。

「いや、そういうつもりで助けたんじゃねぇから」

「なら、飲み物でも一杯どうです？　それくらいならいいでしょう？」

そっけない獣人だったが、俺は食い下がる。

そこはせめてちゃんとお礼をしないと魔法使いとして、面目が立たない。

「……まぁいいけどよ」

ようやく折れてくれたその猫の獣人を、俺はミケさんと命名するのだった。


俺たちのテーブルに招いたミケさんは全身猫寄りの獣人で、二足歩行タイプであるらしい。

「ま、この村は気に入ってってな。大事にならなくてよかったよ」

「しかし不覚、まさか財布をすられていようとは」

してやられた。俺は正しく不覚だった。

まさかスリとは盲点だ。

最近すっかり、財布を使う機会が減っていたので、注意力が落ちていたみたいだ。

マガリも、まさか俺がスリに遭うとは思っていなかったんだろう。驚き顔だが、そこに呆れが混じっているのは間違いないようだった。

「本当だよ。鼻の下を伸ばしてるから」

「確かに、鼻の下は伸びてたな。兄さん」

ミケさんもマガリも容赦ないツッコミで、俺は気まずさに頬を掻いた。

「いやぁ面目ない……」

「半分は、自業自得なんじゃないの？」

「当たりが強いなぁ」

とは思うものの、マガリの言う通り反省しかない。

こんな話が知られたら、カワズさんには腹筋が崩壊するほど笑われ、修業を死ぬほど追加されるだろう。その上、妖精郷ではしばらくネタにされること間違いなしだ。

だからこそ、お礼には気合を入れねばなるまい。

ミケさんは人間年齢でだいたい三十後半から四十前半といったところだろうか？　なかなか渋い声の三毛猫おじさんだった。

ミケさんが頼んだのは、まさかのホットでブラックコーヒー。どうやらミケさんは、猫舌ではないらしい。

コーヒーと猫という組み合わせが俺のイメージになく、俺は猫好きのマガリに耳打ちした。

「……なぁなぁ、猫ってコーヒー大丈夫なのかな？　突然白目向いて痙攣したりしない？」

「大丈夫だと思うけど……。ジャコウネコの糞から採れるコーヒーは高級品だと聞いたことがあるよ。あ、でもジャコウネコは猫じゃないけどね。だけどなぁ、あんまり身体にはよくないかもしれない？」

「聞こえてるぞ。猫でも獣人。人間に問題ないことは問題ねぇよ」

そう言って耳をぴくぴくと動かしながら、ミケさんはぺろぺろと舌を出してコーヒーを飲んでいた。

顔のパーツが動くたびにマガリが反応していたが、今は抑えてもらおう。

さっきからミケさんに釘付けで、ジャコウネコとか変な話題振ってくるし、会話のキャッチボールをする余裕すらないらしい。

いつ抱きつきに行ってもおかしくないマガリを心配する俺の気持ちも知らないで、ミケさんは俺たちに言う。

「それにしても、あんたら人間だろう？　人間がこんなところに来るのは珍しいね。そもそも人間はこの辺にあまり近づきたがらないもんなんだが」

ミケさんはコーヒーから顔を上げ、マガリと俺の顔を見比べる。

「あんたら夫婦かい？」

そして、まさかの指摘に、俺は苦笑を返すほかない。

「そういうんじゃないですね」

「そうなのか？　兄妹ってわけでもなさそうだが。なんにせよ、仲が良いのはいいことだな。旅行かい？」

「ああ、まぁ。そうです。いい村ですよね。俺は魔法使いなんてやらせてもらっていて、いろんな村に顔を出しているんですけど、この村は本当に雰囲気がとてもいい」

俺は、思ったままを口にした。

実際、猫の村と聞いて思い浮かべられる素敵なものは大抵あったし、スリには遭ったが、ここまで旅行としては普通に楽しめていた。

「そりゃあよかった。そうか、あんた魔法使いなんだな。どうりですげぇ魔力だと思ったよ。あんたそれでもだいぶ抑えているんだろ？」

ミケさんは村を褒められてうれしそうだったが、ついでになかなか鋭いことも言ってきた。

「あ、そういうのわかりますか？」

俺はその鋭い感覚に感心した。

隠していることをこうもズバリと言われると、結構どきりとするものだ。

「ああ。俺も冒険者をしていた時期があってね。獣人の中でもそういう感覚は鋭いほうなんだ」

俺でも魔力を隠されれば、そう完全に推し量ることはできない。自分で言うようにミケさんの感覚はかなりのもののようであった。

「いやぁすごいです。俺も少しその手の技能は使えるようになったんですが、難しいですよね」

「ん？　まぁそりゃあ簡単にできるようなもんじゃねぇな……。っていうか、あんた人間なのにわかるのか？　それが本当なら相当の腕だと思うんだが……」

「まぁ一応ちゃんとした魔法使いの師匠がいるもんで。魔力の感じ方とか制御の仕方とか繊細なところはみっちり鍛えられたもんです」

「はぁ、そいつは師匠がよっぽどよかったんだな」

「……そうですか？」

「でもまぁそれでも、簡単に種族の壁まで越えられちゃあ俺の立つ瀬がねぇよ」

ミケさんの感覚は彼の自慢のようだ。

なるほど、確か獣人はそういう感覚が鋭い方が多かったはずである。

そして、魔力に関して鋭いということは、魔法に関しても詳しいということだろう。

「そういえば、さっき古代の魔法が復活したって聞いたんですけど、……何か知りません？」

俺は話のネタとして、先ほど聞いた噂話を尋ねてみることにした。

すると、ミケさんは目を細めて逆に尋ね返してくる。

「……魔法？　へぇ、そいつを探してどうするつもりだい？　兄さんたち」

探るように身を乗り出したミケさんに若干緊張したが、俺は答える。

「単純な好奇心ですよ。魔法使いですから」

実際、こちらにもそれ以上の意図はない。

俺がそう言うと、ミケさんは軽く唸り、ピンと横に伸びた髭をいじった。

「ふむ……、知らないこともないが。じゃあこうしよう。あんたカードはできるかい？」

「カード？」

「あぁ。ポーカーって遊びだよ」

ミケさんが懐（ふところ）から取り出したのは、俺もよく知るトランプだった。

こっちの世界にもあったんだなぁと感心していると、ミケさんはカードをシャッフルしてこちらに五枚のカードを投げてよこす。

テーブルの上に五枚、きれいに並ぶトランプに俺は視線を落とした。

「その五枚のカードに役が一つでもそろっていたら、俺の知っていることを教えよう。ダメなら教えない。どうだい？」

「へぇ、面白そうですね」

俺がそう答えると、髭をピクピク動かしてミケさんは笑っていた。

「だろう？　人生にはちょっとしたギャンブルも必要さ。いつ運を試される場面に突き当たるかもわからない。だから、なんでもないときにこうしてツキを占うのさ」

ミケさんの語る人生論はなかなか興味深いが、さてどうするか。

俺は考える。

でも考えてみればみるほど、まったく問題はない。

俺は別に、その噂の真相を突き止めるつもりなんてなかった。

話を聞ければ儲けものである。

「よし。やりましょう」

「ＯＫだ。じゃあ、順番にカードをめくってくれ」

ミケさんに促され、俺は端から順番にカードをめくっていく。

カードはクローバの６、ダイヤの７、ハートの３と続く。

ダメかと思ったが、そのあとに続いたのは、ハートのクイーンとスペードのクイーン。

「おお、ついてたな」

「はい。そうみたいです」

ミケさんはにやりと笑い、俺たちをもう一度軽く観察するように眺めてから立ち上がった。

「じゃあ、約束通り教えよう。ちょっと付いてきな」

「え？」

「どうしたの？」

突然立ち上がったミケさんに戸惑うマガリだったが、俺だって訳はわからない。

「知りたいんだろう？　復活した魔法。見せてやるよ。旅の思い出話くらいにはなるだろう」

ミケさんは肩越しに振り返って、俺たちにそう言った。


ミケさんはずんずんとためらいなく進み、とうとう村を出てしまった。

俺たちは、そんなミケさんの背中を追って進む。

さすがに村の外までとなると、マガリも戸惑っているようだった。

「なんだろう？　あの猫さんはいったいどこに向かっているのかな？　猫の集会場とかかな？」

「無駄にポジティブだね君は。なんか噂の魔法の場所に案内してくれるんだろう？」

流れで言えばそのはず。

だが、マガリはうれしそうにしながらも、若干残念そうだった。

「それはうれしいんだけど……、ちょっとがっかりみたいな？　猫用のおもちゃとか、ミルクとかたくさん買い込んできたのに」

ああ、今さらだけど、その大荷物ってそういうこと？

しかし、そのグッズがこの先活躍することは、たぶんなさそうだ。

「こらこらこら。獣人は厳密には完全に猫じゃないからね？　また別の機会を待ちなさいって」

「わ、わかってるよ。軽い冗談じゃないか」

「……たぶん冗談じゃないだろう。そのでっかい荷物の中身、あとで見せてみな？」

「……それはダメだ。女の子の荷物の中身は重要書類よりガードが固いんだ」

自分の荷物を守るマガリは、きっと自分で言った通りのグッズ一式を引くほど持ってきているに違いない。

それはともかく、ミケさんの言葉が本当ならば、魔法に関する何かがこの先にあることになる。

少し気を引き締めるべきなのかもしれないが、もし騙されているようなら、……とっとと逃げればいいだけのことだ。

「まぁでも、どこに行くかわかってないのによく付いて来たね。唐突な展開に慣れた？」

無用心なマガリには感心しないなと思ってそう尋ねてみるが、きょとんとした真顔であっさり返されてしまった。

「慣れるっていうか、安心感はあるよね、太郎といると」

「そう？」

そんなふうに言われちゃあ、しっかり守らなきゃ仕方がないか。

なんとも微妙に、男心をくすぐってくる。

ただそれも必要ないかもしれない、ミケさんが案内する道はいまどき信じられないほど穏やかで、危険の「き」の字も感じられなかった。

ふと見上げた先にあった木々が生い茂る緑のトンネルの道は、きれいに整備されているわけではなかったが、それなりにきちんと踏み固められていた。

ただあまりにもどんどん奥に進んでいくものだから、俺はミケさんに声をかけた。

「えっと、どこまで行くんですか？」

「もうチョイだ。でも意外だな。普通に付いてくるとは思わなかった」

「……騙す相手は選んでくれるんでしょう？」

「そりゃそうだな。なら不用心なのは俺のほうだな」

「いや、さすがに恩人に何かしようって気にはならんですわ」

笑うミケさんに釣られて俺も笑う。

「お人よしだな。そんなんじゃ、いざってときに後悔するぞ？」

「できる限り後悔しないようにやってるつもりですとも」

「そうだな。そいつは兄さんが正解だ」

自分で来いと言っておいてずいぶんだったが、おそらく大丈夫だと俺は確信を持っていた。

緑の道をやっと抜けると、甘い香りが吹き抜けていく。

ミケさんが手招きして案内してくれた先には、赤い花の揺れる花畑が一面に広がっていた。

森から突然現れた花園を見て、俺たちは声に出して驚く。

「うお……、すご」

「きれいだ」

マガリもまた感激したようで、しゃがみ込んで花に触れる。

ミケさんは、そんな俺たちを見て満足げだった。

「そいつはうれしいね。こいつらは俺が育てた花なんだ。ここは畑だからな」

「へぇ。すごいな、この花全部？」

「ああ。この花は薬草でな、ちょっと特殊なんだよ。一説じゃ、すげぇ薬の材料になるらしいぞ？

なんて言ったか……、確かエリクサーだったたか」

「なんか聞いたことある……。それって魔法の薬ですよね？」

俺は、カワズさんから聞いたことがある魔法薬の名前を思い出した。

エリクサーとは、不老不死になるともいわれる魔法の薬だ。

話には聞いたことがあったが、実際に見たことはない。

ミケさんは花の一本を摘んで、クルクルと肉球で転がしながら説明を続けた。

「ああ。万能の霊薬とかで飲むと不老不死になるって噂もある。だが、こいつははるか昔になくなっちまった薬なのさ。これでわかっただろう？　お前さんたちが聞きつけた噂の正体が」

そこまで言われれば、俺だってわかる。

「ああ、この花畑のことなのか」

「そういうことだ。ようこそ霊薬の花畑へ。もっとも、そんなたいそうなもんじゃないんだけどな」


家に招かれ、出されたハーブティは実にいい香りだった。

俺とマガリはさっそくそれを飲む。すると、二人とも似たような顔になってほうっとため息をついた。

「おいしい。さっき喫茶店に入るんじゃなかったかな？」

「そうだねー。いや、こいつはいい」

こんなにおいしいお茶をいただいてはコーヒーを奢った意味がなくなってしまった。お茶の香りは鼻の通りがよくなりそうな匂いだった。

珍しくはあったが、いやな匂いというわけじゃない。

ミケさんはお手製のお茶を褒められて機嫌をよくしたのか、自分の話を語り始めた。

「俺は今、薬師(くすし)をやってんだ。畑は元々俺のかみさんがやってたんだが、今は俺が世話をしてる」

「それにしてもすごいですよ。こんな花畑初めて見ました。それで、奥さんは？」

「二年前にな……。病気だった」

コイツはしまった。また俺というやつは。

失言を後悔したが、言ってしまったことはどうしようもない。俺はすぐに謝る。

「……すみません」

頭を下げる俺だったが、ミケさんは笑って許してくれた。

「いや、かまわねぇよ。もう昔の話だ。うちのかみさんは植物学者でな。あの薬草もその研究で復活させたもんらしい。正直俺じゃあ、エリクサーの材料をそろえることなんてできないから、意味もないんだけどな。なんとなく育てて今に至るわけだ」

「へぇ、奥さん学者だったんですね。でも大変だったでしょう？　現物があったとしても、そんな珍しい花を育てるのは？」

話を聞くととても育てるのが難しそうだというのに、畑の花はみんな元気に花を咲かせていた。

本業ではないというが、その仕事は見事なものだと思えた。

ミケさんはまぁなと頷き、ちょっとした苦労話も聞かせてくれた。

「ちゃんと安定して育てられるようになるまで二年かかった。だが、苦労の甲斐はあったな。こいつは別にエリクサーなんてたいそうな薬にしなくても、いい薬草で、傷によく効くんだ。せっかくだから少し売ってみるかと市に出したら人気が出た。だから噂は広まったんだろうな」

聞いてしまえば納得できた。

よく効く傷薬の需要はあるだろう。

そして売るとなれば、エリクサーの材料なんていう売り文句は、むしろ都合がいい。

「なるほど……。確かにいい宣伝文句ですね」

「だろ？　どうだい？　あんたがたのお気に召す話だったか？」

本人はそれでオチを付けたつもりのようだった。

「すごく。魔法使いとして実に興味深い話でした。知り合いの蛙に話したら即研究が始まるかなと」

ミケさんはクリクリした目を輝かせる。

「そいつはよかった……。知り合いの蛙？」

「まぁ、知り合いの魔法使いのあだ名です。その人は、俺の魔法の師匠みたいな人でね。世界中にある魔法をいろいろと研究したりしてるんですよね」

「へぇ。なら兄さんは、その蛙さんの弟子ってわけだな」

腕を組み唸るミケさんだったが、カワズさんの弟子と言われると、どうにもモヤッとしたものが腹の底で湧いてくる。

「……ええ、まぁそうですね。そうです」

「なんで不服そうなんだよ。さっき自分で師匠だって言ってただろう？」

「正式に弟子ってわけでもないので、ちょっとね。まぁそういうわけで、いつでも珍しい品は大歓迎ですので、連絡いただければ何か助けられるかも。ああ、心配しないで、連絡方法はちゃんとこっちで用意しますから、よかったら——」

そこで取り出すのが、特製パソコンである。

この村もライン上にある。置いていかない理由はなかった。

「ん……、別にかまわないが、妙に手慣れてないか？」

取り出した謎の箱をミケさんは気持ち悪そうに見ていたけれど、いかがわしさはスルーしてもらいたい。

「配り続けてずいぶん長いんで。俺の連絡先も付けますよ。それと、こいつを置いてく代わりに何か願い事とかありますか？　俺の魔法が及ぶ範囲でお手伝いしますけど？」

そして、恒例の願いを叶えるターンである。

「え？　それやるんだ？」

マガリは驚いたようだが、いつもやっていることをここでだけやらない理由はない。パソコンを受け取ってもらうのと、願いを叶えるのはセットなのである。

「いやぁ、もう癖になってて。せっかくだし」

「……だろうね」

「なんだよ、だろうねって」

「いや、妙な癖をつけたものだなぁと思って見てるだけ」

マガリは、感心もしていないようだ。

ところが、ミケさんは困った顔をして首を横に振った。

「……いや。特にないな」

まぁ、ですよね。

初対面の相手に、すっと言える願い事など普通はない。

ここで夢のようなことを言ってくれると俺的に捗るわけだが、しばらく待ってミケさんが告げた要求はとても普通のものだった。

「そうだ！　俺のところの薬草を買っていっちゃくれないか？」

思わぬ申し出だが、まっとうな提案である。

「え？　それだけでいいんですか？」

「せっかく来たんだ。他に好きな薬草があったら分けてやるよ」

そう言って、家の中をごそごそしているミケさんの尻尾はゆらゆら揺れていた。

「あ、珍しい。逆にセールスされるのはとても珍しいです」

「そりゃあ、薬草屋だからな。興味があるって言うのなら、例の花も持っていくといい。見ての通りあり余ってる」

なるほど確かに、いろいろとお土産にするには興味深そうなものが置いてある。

そういうことなら、存分にこのお店の利益にしてもらうのがいいだろう。

「ああそれなら……。このお茶、少し分けてもらっていいですかね？　カワズさんのお土産にちょうどいい。マガリはどうする？　何かいる？」

「えっと？　お茶を買うんだよね？　なら、これを一つ」

「あー。すまない。このお茶は特別なブレンドなんだ。今は俺が使ってる分しかないから、また明日来てくれるか？」

「ああ。わかりました。マガリ、明日だって」

「？　それで大丈夫だよ」

ミケさんはすまなさそうにしていたが、明日くらいまで元々いるつもりだった。

今日はもう少し村を回って、ゆっくり宿で疲れを取ってから、お土産をもらいに来ればいい。

「マガリも今日はこの村で一泊でいいよね？」

「え？　あ、うん。そのつもりだったけど」

頷くマガリに、せっかくなので耳寄りな情報を、俺のほうからプレゼントしておこう。

「そういえば村のレストランで、夜は猫のダンスが見られるんだって」

「それは、すでにチェック済みさ！」

「そっか。じゃあまた明日、受け取りに来ますよ」

「ああ、昼ごろ来てくれ。またここで」

俺たちはミケさんに別れを告げて家を出た。

だが、彼の話を聞いていたのは、俺たちだけではなかったらしい。そのときはまったく気がつかなかったのだ。


「なんか面白い人だったな」

いったん俺たちは猫の村に戻って来ていた。

マガリもミケさんの姿を思い出し、うむと真剣な顔で深く頷く。

「あのずんぐりとした体形。猫ならではの魅力があるよ」

そういうことではなかったんだけど、まぁ、それも確かにミケさんの魅力なのかもしれない。

「あー、そうね。あの人ずいぶん猫よりだったもんね」

「そうだよ。最初の子も可愛いかったけど、ああいうのもいい」

そうしてマガリは猫の魅力について熱く語りだすのだが……、これは止まらなさそうだった。

「もちろん猫なわけだからすらっとした、しなやかな美しさが魅力的ではあるわけじゃないか？　でもだよ？　まん丸したぽっちゃっとした体形も十分すぎるほどに猫のイメージに合っていると思うわけだよ！　ねぇねぇ、太郎はどっちがいいと思う？」

彼女の顔は猫を語れば語るほど輝いてくるので、とても邪魔する気にはならない。

俺はこの話を続けることを心に決めて、にっこり笑った。

「え？　なんか猫鍋とか、結構好き」

「いいよね！　ああいうの！　ってことはポッチャリ派でしょ!?」

ずいぶんと食いつきがいいマガリは、もはや別人みたいなレベルのテンションだ。

頬を紅潮させて興奮する姿は、子供のようで微笑ましい。

「マガリって筋金入りの猫好きだな……。そういえばパンツの柄も――」

「何か言った？」

ただ、タブーに触れた俺に向けられたその殺気は、大人でも出せないだろう。

「……いいえ。何も言ってないよー」

「そう、ならいいんだ」

逆鱗（げきりん）に触れさえしなければいい子なのだが……。やはりこのネタは危険である。

そして俺たちが最前列に早々に陣取ったのは、猫のレストラン。

そこで行われる猫のダンスショーを見るまではマガリの一日は終わらない。

生演奏の軽快な音楽が鳴り始め、脇から出てきたスカートを穿いた猫たちが軽快なステップで踊りだすと、マガリが壊れた。

「きゃあーーー！　かわいいいいいいい！」

「いやぁ、うん……。たしかにかわいい」

そこまで喜んでくれるのなら、俺としては本望です。

そしてマガリほどのテンションまで上げきってはいないが、俺だって十分に楽しめた。

夕飯に注文した魚料理もおいしいし、飲み物も悪くない。またたび酒なる地酒は、これもまたお土産になるだろう。

楽しい夜だった。

気分よく、その日一日を振り返った俺は、そこでまずいことを思い出して、さっと青くなった。

「あっ……、クマ衛門、置いてきちゃった」


マガリは絶対に店を離れそうになかったので、宿の場所を教えて俺だけ先に帰ってきた。

すると、宿の前にクマ衛門は待っていて、大量の荷物を抱えたままだった。

「がうがうがう！（ひどいでござるよタロー殿！　勝手にいなくなるなんて！　ちゃんと護衛してなかったことをナイトさんに知られたら殺されるでござる!?）」

クマ衛門必死の主張だった。

「いやーゴメンゴメン。つい成り行きで。申し訳ない」

これはもうさすがに謝るしかなかった。

俺はクマ衛門の荷物を持ってあげて、チェックインする。

男部屋として取っておいた部屋で荷物を下ろすと、ようやく人心地がついた。

「がうがう？（マガリ殿はどうしたのでござる？）」

クマ衛門はさっそくマガリのことを気にかけていて、さすが紳士であった。

「猫のダンスに夢中でどうしようもなかったから置いてきた。クマ衛門はここしか知らないだろうと思って」

そう答えた俺の判断は間違っていなかったと思うのだが、どうやらクマ衛門には不評のようで、俺は残念そうな顔で肩を叩かれた。

「……がうがうがうがう（……それは助かったでござるが、ダメでござるなぁタロー殿は。鍵は預かっておくから、迎えに行くでござるよ）」

「ああ、まぁ、そうだね」

「がうがう？　がうがうがう（そうでござるよ？　婦女子を置き去りにするものではないでござるよ。紳士として当然の常識でござる）」

「うーむ。どうにも俺はクマ衛門に紳士度で負けているなぁ」

「がうがう（日々精進でござるよ）」

「はい……」

反省しつつ、頭を下げる俺であった。

だが、気の抜けた会話に似つかわしくない緊迫した雰囲気をクマ衛門が出し始めたのは、そのすぐあとだ。

いきなり立ち上がり、窓を開けたクマ衛門は、外に顔を出してなにやら鼻をヒクつかせていた。

「がう……（これはよくないでござるな……）」

「どうしたのさ、クマ衛門？」

尋ねてみると、振り返ったクマ衛門の顔は、いつもの丸い目がきつめの角度を描いていた。

「がうがう（魔獣の臭いがするでござる……。しかも大量に）」

「えぇ！」

だが、予想外の答えに俺はつい腰を浮かせてしまった。

「それは気がつかなかったな……」

本当なのかと俺も窓から顔を出すが、まだ俺には感じ取れない。

「がうがうがう（拙者これでも獣人とエルフのハーフでござるからな、感知は得意なんでござる）」

「ああそっか……。俺なんてまるで感じないもんな」

俺も魔力感知についてはそれなりに自信があったのだが、長けているというほどではない。せいぜい近くに寄ってきたとき、大体の力量を察せる程度である。

「意識すると、結構遠くまでいけるんだけどなぁ」

「がうがう（おそらくは村の外でござるよ。少なくとも百匹以上、すでに戦っているでござる）」

「それは、まずいな」

「がうがう……（こちらの方向でござるよ）」

そう言ってクマ衛門が指し示した方向は、よく見るとぼんやりと赤い。

その場所に心当たりがあった俺は、血相を変えた。

「あっちは、森のほうか……」

俺はミケさんの猫顔を思い出す。

昼間少し話をしただけだが、放っておくわけにはいかない。

俺は、クマ衛門に言った。

「ちょっと見に行ってみよう。マガリを迎えに行くのは中止」

「がう！（御意！）」

俺はマントを羽織り、クマ衛門は戦仕度を調える。

そして俺たちは転移の魔術を使って、森のほうへワープした。


さっそく森の入り口で、見覚えのある三毛猫が横わたっているのを見つけた。

俺は慌てて駆け寄ると、それはやはりミケさんだった。

「ミケさん！」

「がうがう！（大丈夫でござるか！）」

俺はミケさんの横にしゃがみ込むと、状況を確認した。かなりひどい……。が、かすかな呼吸が感じ取れた。

「よかった、意識がある！」

「がう！（すぐに手当てを！）」

ミケさんの呼吸は浅く、傷は深い。

それでも生きてさえいれば何とかできる。

だが、俺が手をかざして治療を施そうとすると、ミケさんは俺の手を取って止めた。

「……魔法はいいよ」

「いやしかし！」

ミケさんの傷は、このままじゃ間違いなく死ぬだろうというレベルだ。

それはわかっていながら、ミケさんは頑なに首を振る。

「いいから。それより聞いてくれ。この先には行くな。森の中には今、魔獣がとんでもない数いる。あんたらは全然関係ないんだ。今すぐ村を出たほうがいい。ついでに危険を村の連中に伝えてくれ。頼むよ……。それだけが気がかりだ」

「！」

ミケさんの握力は弱々しかった。

だが、こんなになっても俺たちを気遣ってくれている。

「魔獣……」

俺は呟く。

魔獣は危険だとは聞いていたが、ここまではっきりと知り合いが被害に遭うのは初めてだった。

ミケさんはもうすべてを受け入れたように頷いている。

「……ああ、運が悪かったんだろうな。よくある話だ。どこかの森で縄張り争いでも起こって、追い出されたんだろう」

「そんな……」

正直、頭に血が上りそうになる。クマ衛門は眉を寄せ、深刻な表情で森を見た。

ここにマガリがいなくてよかった。

もしこんなところを見たら、何をし始めるかわかったものじゃない。

「がう……（行くでござるか……？）」

そう言うクマ衛門を俺は止めた。

「いや、この森には彼しか住んでない。ここにいてくれ」

「がう（御意）」

クマ衛門が殺気立っているおかげで、俺のほうは若干冷静さを取り戻すことができた。

そうして、努めて平静を装って、ミケさんに尋ねる。

「その魔獣が貴方をこんな目に？」

「ああ……、だらしがない話だがな。何もできなかった」

ミケさんの顔は悔しげに歪む。

ミケさんの声に力はなく、生気がどこからは漏れてしまったみたいだ。

「……いいんだ。ちょうどよかった。さっき畑が燃えてるのが見えたんだ。そもそも別に俺が薬草を育てる意味なんてなかった。いっそなくなっちまったほうがよかったんだろう……」

「いけませんよ、弱気になっちゃ！」

声をかけてみたが、俺の声がミケさんに届いているとは思えない。

俺はいけないと思った。

本当に気力がない声というのは、ここまで頼りないものなのか。

だが、こればかりはどうしようもなく、ミケさんの独白は続いた。

「そうだ、あんた頼みを聞いてくれないか？」

「な、何をですか？」

少しでも力になりたくってそう言ったのに、ミケさんは俺にこう願った。

「俺を、今ここで殺してほしい」

「へ？」

意味がわからなかった。

だが、俺はぽろぽろと流れるミケさんの涙を見た。

「今まで生きていたのが不思議だったんだ。あいつが死んで、俺はどうすればいいかわからなくなった。……あの花は、彼女がすべてをかけて復活させたのを知っていたから、思い出にすがってただけなんだ。時間が経てばどうにかなるかと思ったがよ、胸のあたりに空いた穴はどうにも埋まりそうにない。このあたりが潮時なんだ……。だから頼む、ここで終わらせてほしい」

「それは……。あいつらを追い出せばいいだけです。力なら貸しますよ？」

なにせ俺には彼に恩がある。

「いや、それはいい。所詮は自己満足なんだよ。そんなもの他人の力に頼って守ってもらってどうなる？　自分の力で守れもしないものを今だけ取り返したって意味はない」

ミケさんの言葉に、俺は黙り込んでいた。

傷のほうは、すぐにでも治せるだろう。

けれど、心は別である。

今回の襲撃で、ミケさんの心は折れてしまったようだ。

彼が守りたかったのは、奥さんとの思い出だった。それが燃えてしまったのだから無理はない。

魔法の武器でも渡そうか？　いや、そんなものを使っても彼を救えない。

心の傷は、ありあわせの魔法では埋められないのだ。

とっさに俺の口をついて出たのは、ずいぶんと博打(ばくち)じみた提案だった。

「……なら、こういうのはどうだろうか？　あんた、魔法を受け取るつもりはないか？」

つい感情的になってしまい、口調が荒くなってしまった。

「言ったろう？　誰かの力を借りても……」

「違う」

もう一度断ろうとしたミケさんを俺は遮る。

これはミケさんを救うための一か八かの提案だ。

俺はごくりと喉を鳴らして、ある魔法陣を手のひらの上に出現させた。

「あんたの力として魔法を習得するんだよ。俺はあんたを助けたい。だが、あんたはここで死にたいと言う。だから折衷案(せっちゅうあん)だ。強力な魔法を正規の手順を踏まずに使えるようにするにはリスクが付いて回るんだ。魂に魔法陣を焼きつけるようなものだから、半分くらいの確率で廃人になるかもしれない。でも、ちょうどいいだろう？　どうせ死ぬつもりなら、一つ賭けてみるっていうのも」

「……」

「悔しいんじゃないのか？　本当は？」

それだけは間違いないはず。そう思いたい。

俺の背中には、汗が幾筋も流れていた。

返事を待つ。

俺の目をじっと見続けていたミケさんの答えは——。

「ああ……、そうだな」

弱々しくではあったが、しっかりとした肯定。

俺は深呼吸して、覚悟をした。

「なら、自分の力で気が済むまで守るといい」

俺は腹芸なんて器用なまねはできない。そして嘘ではないから彼を説得できたんだと思う。

ならば、約束は守らなければならない。たとえ彼が死んでも。

だから、俺は邪悪に笑う。

「力を勝ち取る気はあるか？　普段はあんまりこういうことはしないんだけど、あんたには恩があるからね。人生にはギャンブルも必要だとあんたも思うだろう？　さぁ、どうする？」

彼も言っていた決め台詞。俺はこの一言に懸けた。

ミケさんは俺の顔をじっと見て、そしてはっきりと口にする。

「そうだな……。頼む――、俺に力をくれるか？」

「もちろん――、喜んで」

俺はミケさんの傷を治す。そして魔法陣を編んだ。

右腕に魔力が集まり青く輝く。

その光は間違いなくミケさんの戦う力になるだろう。

クマ衛門はその光景を、息を呑んで見守っている。

ミケさんはもう何も言わない。

ただ黙して、そのときを待っていた。

「え？　魔獣がミケさんを襲った？　それって全部駆除でいいんだよね？」

忙しくなりそうなのでマガリにも声をかけたら、マガリの第一声は、殺伐としていた頃よりも狂気に満ちていた。

「これこれ、マガリちゃんや？　目が怖いし。駆除とか言っちゃダメ」

「だって、猫を殺しかけたんだよね？　法律が許しても私的には極刑だ」

「ちょっと！　目がマジだ！　クマ衛門！　彼女を止めてくれ！」

「ガウ!!」

「離してくれ！　ここで放置なんて正義がないよ！」

よけい大変なことになってしまった。

しかし、ここで暴れられては少し困る。

俺はマガリが落ち着くのを待って、今回の趣旨を説明した。

「残念ながら、ここで暴れるのは君じゃない。戦うべき人は別にいるのでそのつもりで」

「……どういうこと？」

かろうじて理性が残っていたマガリが聞いてくれそうなので、俺はいくらか元気を取り戻したミケさんのほうを指差すと言った。

「事の収拾はミケさんにやってもらうってこと」

これはとても大事なことだ。

だが、それにマガリは露骨に反対のようだった。

「本気で言ってるの？」

確かにマガリの言うとおり、これにはかなりの危険が付きまとうのは間違いない。

それでもこれは彼のためにもやってもらわなければならない。

一度死ぬというのは簡単なことでない。これは彼が本当に蘇るための戦いである。

だが、俺は何も手を貸さないつもりもなかった。

「もちろん。俺たちはそのサポートをする」

「サポートって、何をするつもりなのさ？」

「魔獣からこの森を取り返す。もうちょっと具体的に言うと、あの花畑まで魔獣を誘導する」

それが俺の考えた作戦だ。

先ほど調べたが、魔獣はすでに森の中に散らばってしまっていた。

その広がった魔獣を一手に集めて一網打尽にするわけだ。

そして、その一網打尽にする主戦力こそミケさんであった。

話を聞き終えると、マガリの顔が強張っている。

それは目で正気なのかと訴えていた。

「そんなことして大丈夫なの？」

マガリは厳しい口調で尋ねるが、俺には確信があった。

「ああ、ミケさんは戦う力を手に入れた」

「がう！（偵察終了したでござる！）」

ちょうどクマ衛門も帰ってきて、準備が完了したらしい。

マガリは自分の意見に関係なく準備が進められていくので、あきらめてくれたようだった。

「何を言ってもダメなのかな……。ピンチになったら私も出るよ？」

「もちろん。では始めようか……」


「それで、具体的に何をすればいいと思う？」

だけど、作戦の第一段階で、ちょっとしたつまずきがあった。

俺が魔力を使えば逃げてしまうので何とかしないといけないわけだが、マガリによると、そんなことは悩むようなことではないらしい。

「魔獣の誘導なんて簡単だよ。あいつら動くものには勝手に襲いかかるんだから」

「そうなの？」

「がう（基本的には）」

クマ衛門も頷き、どうやらその見立てで間違いないみたいである。

「俺にはそんなことなかったけど？」

「君の例外は聞き飽きてるから。それじゃあ私が囮をやるよ」

一応俺も何か言ってみたが、聞く価値なしと言い切られてしまった。しょんぼりだ。

「ひとまず森の中を一通り走り回れば、そのうち釣れると思うから」

そう言ってマガリは颯爽と森の中に入って行った。

俺たちはそれを見守る。

ミケさんが目を覚ますにはあともう少し時間がかかるだろうが、それでもすぐだろう。

しかしマガリが森に足を踏み入れた瞬間、魔獣の群れに出くわしていた。

それは犬のような魔獣だった。

黒い毛皮の真っ赤な眼の魔獣は、体から刺々しい魔力を発しながら、マガリを威嚇する。

「……魔獣と向かい合うのも久しぶりだな」

そう呟いたマガリは、胸のペンダントを光らせて十本の魔剣を呼び出した。

予想していなかった出来事が起こったのはここからだ。

動くものには何でも襲いかかると思っていた魔獣が、マガリを見て一歩引いたのである。

その態度には明らかに怯えが混じっていた。

「……どういうこと？　クマ衛門？」

俺は傍らのクマ衛門に尋ねてみると、クマ衛門は悟った顔で呟く。

「がうがう？（魔獣も……、絶対に怯えないわけではないということでござるよ。わかっているでござろう？）」

そう言われれば確かに、魔獣もしっかり怯えることを俺はよく知っていた。

マガリの言っていたように、魔獣が動くものに襲いかかるというのも嘘ではあるまい。

しかし妖精郷に出入りするようになってから、マガリの魔力はかなり大きくなっていた。

さらに加えて、相当数の修羅場を潜り抜け生きて帰ってきたマガリちゃんは、そんじょそこらの人間では到達できない戦士としての高みに到達している。

どんな戦場でもほぼ負けなし。そんな人間が魔剣を十本も携えて、仁王立ちしているのだ。

ここにいる俺たちですら息苦しささえ感じる圧迫感は、生き物なら怖いに決まっていた。

「なーマガリ。それじゃあ、どうにもならんのだけれど！」

ついつい文句を言ったが、マガリはマガリでこんな事態は予想していなかったようだった。

「そんなこと言われてもなぁ……。戦っちゃだめなんだよね？　なんかこう……、おいしそうにしてみるとか？」

そんな曖昧な案を、曖昧な口調で言うくらいには混乱しているらしい。だが、彼女の提案はそれはそれでおもしろ……、ではなく有効そうだった。

「えっと……、おいしそうってなんだ……。ドックフードとか？」

「がうがう？（うさぎとかでござろうか？）」

「まぁ、本当にそんなのに変身させて逃げられなくなったら困るから……」

そこで、俺のいたずら心が出てきた。

そういえば女王様と一緒に作った、マニアックな衣装シリーズがあったはず。

悪いことを考えついた俺は、ぱちんと俺は指を鳴らす。

「へ？」

するとボカンと白い煙が噴出して、マガリの装備の一切が変化した。

煙の中からぴょこんと出てきたのは、ウサギの耳だ。

そしてマガリの衣装は不思議の国を思わせる、ショートパンツのバニー衣装に変わっていた。

手に持った懐中時計がチャームポイントである。

おお！　これは相当かわいい！

思わず俺は、映像データを残したくなった。

だがマガリは、自分の格好を耳を引っ張ったりして確認すると、わなわな震えて目をギラリと光らせた。

「コ、コラ！　……何してるんだ！」

殺気と恥ずかしい気持ちが混じり合った怒気となって、俺に向けられる。

マガリの武装と圧倒的な気配が霧散したとたん、魔獣は元気を取り戻した。

その代わり、俺がすごくおっかない目を向けられたが、今はそれでよしである。

「魔獣来た！　来てるって！　ホラ走って走って！」

「く、くそー！　太郎！　あとで覚えてろよ！」

森の中を全力で走っていくマガリは文句すら置き去りにして森の奥へと消えていった。

さすがは元勇者。

その身体強化は半端じゃない。魔法使いとしても見習いたいところだ。

クマ衛門が走り去ったウサギさんを心配そうに眺めて言った。

「がうがう（大丈夫なんでござるか？）」

「いや、たぶん大丈夫じゃないけどね……。頭に血が上ってたし、冷静になってもらえれば」

とにかくマガリには、予定通りこの調子で森中の魔獣を集めてもらおう。

続いて俺は、ミケさんから借りてきたトランプを取り出した。

「がう？（それは何でござるか？）」

「なに、今回のテーマは不思議の国だからね。マガリだけで走り回っていたんじゃ効率が悪い」

手に持ったトランプはバラバラと空に舞い上がると、一枚一枚、兵士の姿に変わった。

そうしてトランプは一列にきれいに並び、俺たちの前に着地する。

紙でできているので鈍そうに見えるかもしれないが、こいつらは割と俊敏である。

「さぁお前たち！　森中を駆け回って、魔獣たちを集めてくるんだ！」

そう言ってパンと手を鳴らすと、トランプ兵たちは俺の命令に従って森の中に駆けていく。

それを見たクマ衛門はほぅっと感心していた。

そして俺に向かって言う。

「がうがう（あんなことを言っておいて、この森を守るつもりでござるな？）」

まぁ、兵隊を相当数出したのだ、そう思っても仕方がない。

だが、俺は横に首を振り、クマ衛門に本当のことを教えた。

「いや違うね。あいつらは惑わせるだけ。この森に用事がある人だけをある程度厳選するためにね。何せ今のミケさんはちょっと強すぎる。戦うべき相手をふるいにかける仕組みは必要不可欠だろ」

「……がう？（強すぎる？）」

「そう。さぁ！　この調子で、いろいろ魔法をかけて回るぞ！」

燃やされてしまった森を修復しながら、俺は森の動物にも魔法をかけて回ることにした。

「……」

暗い闇の中で、三毛猫は一人でいた。

長いこと一人でここにいた気がしたが、それも終わりなのかも知れないと、三毛猫は笑う。

「ああ、まぁよくやったんじゃねぇかな？」

薬草の勉強をし始めたのは、全部あいつの花を育てるためにやったことだった。

やり慣れないことに苦労は多かったが、苦労した分だけ、あの花はきちんと応えてくれ、今では花畑にまでなった。

素人がよくもまぁ、あそこまでやったものだと我ながら感心してしまう。

でも、それももう終わる。

「なぁ……、お前もそう思うだろう？」

三毛猫は手を伸ばす。

その先には誰かいるのだが、こちらを振り向いてはくれなかった。

畑仕事は苦労ばかりではなく、自分なりに楽しんでやっていたと思う。

いや、楽しんでいたのとは少し違うか？

「ああ、そうか、まだダメなのか」

三毛猫がそう呟くと、今度は影がドンドン近づいてきて手を伸ばしてくる。

その影には見覚えがあって、三毛猫はさらに手を伸ばした。


はっと三毛猫は目を覚ます。

そうだ、慣れない畑仕事は苦労ばかりじゃなかった。この花を育てているとき、三毛猫の胸にあった気持ちは――。

「――愛情。なのか。そうか。そうだな」

三毛猫の手の中にはいつの間にかあの花が握られていて、そして今自分が寝ているのが手塩にかけた花畑だと気がついた。

燃えたはずの花畑は、そこにあった。

あれがまるで夢だったかのように、一面に咲き誇る花たちは三毛猫の前でざわざわと揺れていた。

一筋流れる涙を手の甲でぬぐい三毛猫は立ち上がる。

「でも夢じゃないんだな……。そうか、戦えって言うのか。俺はどうにも妙な魔法使いに声をかけちまったもんだ」

押し寄せてきた魔獣たちが、ぞろぞろと森の奥から出てきて、こちらを睨んでいる。

荒く息を吐き、体から湯気（ゆげ）を出していたが、その殺気はまったく衰えてはいない。

「そうか、お前らはもう一回俺を殺したいんだな。まぁ拾った命だ、くれてやってもいいんだがね……。賭けの成果はちょいとはっきりさせておこう」

三毛猫は、魔獣たちに向かって笑う。

「おお、見事に集まったもんだ。ご苦労様マガリちゃん」
準備が整ってぞろぞろと挑発されて集まってきた魔獣。生で見ると壮観だった。そしてこの森の中にいる生き物をすべて確認して、俺はあることに気がついたが、それはあとでいいだろう。

これで俺たちの役目は、ほぼ終了である。

「はぁ……、はぁ……、はぁ……、ホント怒るから」

あとやることがあるとすれば、疲労困憊のマガリをねぎらうことくらいだった。

「お疲れ様。ハイ、飲み物。おかげで舞台は整った。あっ、その格好かわいいよ？」

「そ、そういう問題じゃないから！　武器まで取り上げるとか危ないじゃないか！」

渡した飲み物を一気に飲み干して、プンスカと湯気でも出しそうなマガリだったが、危険なことなんてあるわけがない。

「いや、危ないわけない。俺の作った服なのに」

「あ……」

俺が作ってこの非常時に渡す服に、何の防御魔法もかかっていないわけがないという話だった。

そこに思い至ったマガリはぽかんと口を開け、しばらくふるふると震えていたが、結局諦めたように肩を落とした。

「もういいよ。知らない……」

「ごめんね？」

どうやらいじけてしまったらしいマガリに謝ると、彼女は不安げに俺に尋ねた。

「……本当に、大丈夫なんだよね？」

「ああ、大丈夫。まぁ見ていてくれ」

すでにミケさんは大量の魔獣にぐるりと囲まれていた。

魔法はすでに意識しただけで使えるようになっている。

ミケさんはもうすでに、その使い方をそれこそ魂のレベルでマスターしているはずだ。

「グルルルル……」

唸り声が唱和して、地鳴りに聞こえた。そして黒い塊になった魔獣がいっせいに、ミケさんに襲いかかる。

本来であれば、もうミケさんは細切れにされて魔獣の腹に収まっているだろう。

しかし、そうはならない。

ミケさんは、何事もなくそこに立っていた。

「い、いったい何が？」

マガリですら目を擦っているのだから、これは成功したということだろう。

ならば、もう心配の必要はない。

俺はミケさんに何が起こっているのか解説した。

「あれが、ミケさんが手に入れた力だ。魔法は一つだけど、そう簡単に突破できるもんじゃない。

いや突破は簡単かな？」

「勿体つけるね？　君はいったい何の魔法を彼に渡したんだ？」

何の魔法かと問われれば、俺が渡したのはたった一つの便利な魔法だ。俺は自分の手を消し、何もない空中から出してピースサインをしてみる。

そう、彼に渡した魔法はまさにこれである。

「空間を自在に操る魔法。ゲートの魔法だ。この森に範囲を限ったことで燃費は上々。この空間においては、今のミケさんに触れることすらできる奴はいないさ」

ミケさんも自分のしたことに驚いていた。

飛びかかってきた魔獣たちはすべてがミケさんにかすり傷一つ付けられず、頭の部分が消えてなくなっている。

しかし頭がなくなったままぴんぴんしている魔獣たちは、前も見えずによろめくばかりだ。

ミケさんは自分の手を見つめて、その劇的な変化に震えた。

「こいつは驚いた。こんな魔法、今まで見たこともねぇな……」

背後から牙が迫り、噛み砕こうと飛びかかる。

魔獣はしっかりと、ミケさんの身体を通り過ぎたはずだが、血の一滴も飛び散らない。

それもそのはず。

ミケさんの上半身は丸々消えてなくなって、空中に逆さに生えていたのだ。

「はっはっは！　変わったことしてるな？　曲芸か？」

ミケさんは転がる魔獣を煽る。

今度はまた複数で一度に飛びかかってきた魔獣たち。全身あらゆるところに噛みつこうとしてきた牙は、ガキンと打ち合わされるだけに終わった。

そのとき、すでに彼らの中心にミケさんの身体はなく……、すぐ後ろに突然姿を現した。

「なんだ？　見えなかったのか？　あんなに近くにいたのに？」

煽られたせいか、それとも獲物が仕留められないイラつきからか、魔獣の毛の逆立ち方が尋常じゃないことになる。

そのうちの一体が口を開くと、炎の塊が撃ち出された。

それを受けたのは、射線上に突然姿を現した別の魔獣だった。

「キャイン！」

炎が命中して燃え上がる。

犬のブレスは仲間に当たっても、十分な効果が得られるようだった。

「あら、こいつは痛そうだ」

だが、魔獣たちは仲間の悲鳴になど一切かまわず、次々に炎を撃ち出していく。一瞬にして業火の嵐となった。

命中せずとも火の海だ。どこにかわそうが、燃える大地で生き物は生きてはいられない。さらにそれでも、ミケさんは捕らえられない。

「ハイ。はずれだ」

炎が反転して魔獣に牙を向いたのは、そんな台詞のあとである。

炎の固まりに為すすべもなく、魔獣たちは残らず火達磨（ひだるま）になってしまった。

「あーらら。思ったようりうまくいっちまった。悪いね、どうも」

ミケさんは舌を出しつつ……。

ブオンと扉が開く。

そんな不思議な現象を間近（まぢか）で眺めて、ミケさんは気だるげにため息をついた。

「なるほどなるほど……。これは確かに負ける気がせん。あの魔法使い、とんでもない魔法をよこしやがった」

魔獣たちも、すべての攻撃が無効化されるというこの状況に混乱していた。

その混乱は闘争本能に忠実な魔獣にさえ、ためらいを与えるほど意味不明な状況だった。

あとずさる魔獣たち。

できたスペースには踏まれた花が散っていた。

それを見たミケさんは、深い深いため息をつく。

「まったく――ひどいもんだ。花を愛（め）でるって気持ちがないのかね？」

魔獣たちの前を歩いていったミケさんは突如として消えて、囲みの外に現れる。

そして魔獣たちに向かって、肉球でバイバイと挨拶をした。

あまりにも何気ない別れの挨拶。

直後、大量にいた魔獣たちは、足元からずぶずぶと地面に吸い込まれて消えていく。とぷんと底なし沼に呑み込まれるように、ゲートに静かに消えていった魔獣たち。

そのすべてがいなくなると、元の静かな森に戻っていた。

「まぁ、あるわけないか……」

そう呟いたミケさんは、その場に座り込む。

あまりにもあっけなく、事態は収拾した。

刻み込まれた魔法は、まるで身体の一部のようによくなじんでいた。

さすがに魔力をほとんど持っていかれたミケさんは、動けないのか、まだ咲いている花を一本掴んで、祈るように胸に抱いてうずくまるのだった。

それをこっそり見ていた俺たち。
マガリは俺のほうをジーッと見つめて、言った。
「確かに強いけど……、無敵すぎない？」

そう言われるとそんな気がしないでもない。確かにミケさんは見事な戦いっぷりだった。

「えっと……、よっぽど相性がよかったのか。まぁここまで使いこなすとは思わなかった」

だが俺が本当にミケさんにあげたかったのは、しっかり戦えるという自信だ。

アレだけの魔獣相手に立ち回れれば、少なくとも生きる気力くらいは取り戻してくれるだろうという算段だった。

燃費がいいと言っても、そんなに生易しい魔法じゃない。しかし、ミケさんはそんな魔法を完全に使いこなしてみせた。どこからそんな魔力をひねり出したのかと不思議に思う。

すると、ふと足元の花に目が留まった。

その花からちょっとだけ魔力を感じた気がして、俺は立ち止まる。

「……いや、まさかね」

俺たちは戦い終えたミケさんをねぎらうために、彼の元に向かう。

日が昇り朝日に照らされた花畑は、最初に来たとき以上の輝きを放っているように見えた。

だが俺には、このあとちょっとやることがある。

俺はマガリとクマ衛門にニカリと笑いかけて、こう言った。

「まぁこれで一件落着だ。疲れただろうから先に宿に帰っててくれる？　俺はミケさんの様子をちょっと見ていくから」

実際危険なことをしたのは間違いはない。アフターケアは大切である。

「うん。わかった。じゃあお先に」

「がう。（わかったでござる）」

きっと疲れていたのだろう。すんなり承諾してくれ、伸びをしながら宿に戻っていくマガリとクマ衛門。そんな彼らを見送り、俺はにっこりと笑顔のまま手を振った。

「……」

そして俺の最後の仕事は、残った汚れ仕事を一人で片付けることだった。


一台の馬車が森の外れからガラガラと人知れず出発したのは、事が起こったすぐあと。

そうして森から離れると、御者台に乗っていた女は一人笑いだす。

「クックック。上出来♪　あのむかつく獣人には一杯食わせたし、レアな薬草まで手に入った。あいつらには森を全部灰にしておけと命じてあるから、こいつの価値も跳ね上がるだろう」

今回あまりにもうまくいった悪巧みの成果は、エリクサーの材料である。材料といっても薬草としても効果が高いという話なので、きっといい金になるだろう。

そんなふうに皮算用していた女の心は、ちょいと覗いただけですぐに丸裸になった。

「……へぇ、そこまでやるつもりだったのか」

「!?」

俺は彼女に話しかけていた。

ちなみに、ちょうどよく白状してくれた女は、あのとき俺の財布をすった犬耳の女である。

実は、彼女は正確には獣人でもなかったらしい。

彼女が魔獣を操っていたのだとすれば、どの種族に属しているかは明白だろう。

「あんた魔族だったんだな。魔族にはいろいろなタイプがいるとは聞いていたけど、こんな種族もいるなんて知らなかったよ……」

「お前！　どこから入ってきやがった！」

短剣を構えた犬耳は、こちらに切っ先を向けて睨みつけてくる。

まぁあれだ、あの騒動は俺にも原因があったわけだ。

「ああ、もう。だめだなぁ。旅行のときくらいしっかりしないとなぁ」

「何訳のわからないこと言ってんだ！　しゃべるんじゃない！」

魔獣を手なずけて、けしかけたようだが。やり口はどうにも気分のいいものじゃない。

だがしかし、彼女にも同情すべき点はある。

「ああ、気にいらない。俺はね、恩は返すのがポリシーなんだ。だけどそのために恨みを晴らしたりするのはNG、みたいなところはあるんだよね」

「？　お前頭がおかしいのか？」

困惑する犬耳にかまわず、俺は一方的にしゃべり続けた。

「だが、あんたが相手である意味よかったのかも。俺個人がさ、あんたに恨みがあるよね？　財布をすられたっていう……」

いつの間にか馬車に伝わる振動がなくなり、完全に動きを止めていた。

引いていた馬がいなくなり、日は昇り始めていたはずなのに、あたりは夜のように暗くなった。

「なんだ？　いったいなにが……」

動揺して周囲を見回す犬耳。

その周囲に、どろどろと闇が落ちてきた。気がつけば女の足元は、泥のような闇に覆われている。

「ひっ……」

喉から引きつったような音を出し、女が尻餅をつく。

俺がそんな彼女を見下ろすと、女の身体はズルリと闇によって絡め取られた。

「な、なんなんだこれは!!」

女の叫び声に、俺はにっこり笑ってみせる。

「さぁ、何なんだろうね？　君がそれを知る必要はない」

いくらもがこうと無駄だ。むしろもがけばもがくほど周囲の闇は強く女を引きずり込む。

俺は女の視線を手のひらでさえぎりながら呟いた。

「俺は恩は返す……。だけど恨みはもっとこっぴどく返すんだ。まぁ覚えておけたら覚えておくといい。もっとも——、もう会うこともないだろうけどね」

「～～～～!!」

忠告を言い終わる前には、馬車ごと女がどっぷりと闇に呑まれていった。

「……あれ？　ここは？」

次に女が目を覚ましたとき、そこは見知らぬ場所だった。

魔力をぎりぎりまで抜かれ、簀巻きの状態で木に吊り下げられ、そしてその身体には「この人スリです」とでかでかと紙が貼ってある。

「え？　何これ？　タローちゃんこんなの送ってこられても困るんだけど？」

白い髪の男が困惑しながら吊られた女を眺めていた。

顔は知らないが、それでも彼から発せられる尋常ならざる魔力によって、女はその男の正体を理解し、そして青ざめた。

「ま、ままま……、魔王様？」

「ん？　意識を取り戻したのね。貴女スリなの？」

「い、いえ！　滅相もない！」

必死に否定する犬耳だったが、残念ながら魔王が彼女の言い訳と謎の張り紙のどちらを信じるかは最初から決まっていた。

「ふーん。まぁどうでもいいかな。四天王。適当に処分しておきなさい。スリは魔族でも犯罪」

その呼び声とともに、黒竜、ゴルゴン、デュラハン、ガルーダの四人が現れて、女を取り囲んだ。

彼らすべてが、大きな魔力を持つ強力な魔族である。

だというのに、吊り下げられた犬耳を見て、なぜだか彼らは皆気の毒そうな顔をしていた。

「スリって、あの魔法使いにやったのか……。正気かお前」

「ある意味逸材なんじゃない？　あんた軍に入りなさいよ」

「うむ、あの方を一瞬でも出し抜いたとすれば見込みはある」

「いやなんつーか、あいつに関わったのが運の尽きだろ？」

口々に感想を言う四天王は、命令を忠実に実行し女を連行していく。

「な、なんなんだよぅ!!」

女に逃げ出せる可能性など少しもなかった。

猫の村からの帰り道。俺たち三人の顔は複雑だった。
ニコニコとご機嫌なのは、マガリである。
クマ衛門は、若干りりしく何かを為し遂げたような顔をしていた。

そして俺はといえば、こう、いろいろと考えることがあったわけだ。

特にミケさんに施した処置は、正解ではあるまい。

別にこんなことをする必要はなかっただろう。拒絶された時点で治療をしないという選択肢だってあったはずだ。

だがそうしなかったのは、俺が彼のために何かしたいと思ったから。

なんにせよ、決断の重い話だったと言わざるを得ないだろう。

「うーむ、こういうのが自然に身体が動いたっていうんだろうな。うん」

俺が物悲しい余韻に浸っていると、なぜかマガリはいい笑顔でこんなことを言ってきた。

「でもさ……、今回はなんだか童話みたいな終わり方だったよね！」

キラキラと輝くマガリの笑顔は、心からそう思っているふうだった。

「え……、そ、そう？」

俺としては、ビックリである。

そりゃあ、童話にはハードなものもある。とは聞いたこともあるけども、そう例えられるとちょっぴり愕然とした。

それはクマ衛門も同じなようで、言葉にならない驚き方をしていた。

やはり俺はおかしくないらしい。

ならば、少しだけ主張しておくべきだろう。

「俺的には、かつてないほどシリアスな展開だったんだけどな？　大人向けの映画並みだよ？」

そう言うと、マガリの困惑はさらに増す。

「え？　そうなの？　あれだよね？　悪い犬の魔獣にいじめられてるかわいそうなにゃんこを魔法で助けたんだよね？」

「……」

なんともファンシーなまとめ方だった。

しかも大きく間違ってはいないのが、否定しづらいポイントである。

この、なんとなく受け取り方が違う、というか、食い違っている原因はなんなんだろう？

そこで俺は考えた……。そして導き出された答えにぞっとする。

それでも確かめないわけにはいかず、俺は慎重に言葉を選んでマガリに尋ねてみた。

「なぁ……、今回なんであの猫の人が戦ってたかとかって、ちゃんとわかってる？」

すると、マガリは小首をかしげて頭を掻く。

そして、困った表情を浮かべながら白状したのだ。

「ごめん。実はよくわかってないんだ。だって、太郎も猫の人もニャーニャー鳴いてるばっかりで全然教えてくれないんだもん。まぁ、かわいかったけど」

「……！」

うっかりしていたが、やはりそうかと思い、俺は森のほうを振り返ってみた。

あの人、獣人の言葉しかしゃべれない系の獣人だったんだ！

そして、マガリは獣人の言葉を翻訳できない。

そりゃあ何を話しているかなんて……、わからないはずである。それこそマガリにしてみたら、俺たちはニャーニャー鳴いていただけなのだ。

猛烈な脱力感に襲われて、目の前が白んだが、何とか踏みとどまった。

いや、マガリに罪はない。

それどころか、これは逆に都合がいいくらいだと俺は思い直す。

そうだ、気にすることがどこにあるというのだろうか？

だってそうだろう？　ミケさんの過去も、想いも、人にペラペラしゃべる必要のないことだ。

俺は偶然ここに出くわして、やりたいと思うことをやって、満足して帰っている。

考えさせられるようなハードな過去話など、知らないほうがいい。

むしろそのほうが、最高の結末だといえる。

なぜなら俺たちは、楽しい観光旅行に来ただけなんだから。

よかった、とむしろ喜ぶべきなのだろう。

俺は顔を上げる。

そう思うと、優しい表情を浮かべることができた。

「そっか。……まぁいいんじゃないかな、それで」

「え？　なに！　だからちゃんと教えてくれればいいじゃない！　なんでダメなの！」

慌てるマガリはわたわた手を動かして不服そうだったが、今さら教えても、なんの意味もないどころか、心に変なしこりが残るだけだ。

「だって……、今さら野暮(やぼ)なんだもんな。いやー楽しい旅行だったなー」

「がうがう（その通りでござるな）」

「何それ、意味がわからないんだけど！　あ！　そういえば、あの急な着替えのことはまだちゃんと許してないからね！」

「いやぁ、それとこれとは……、とりあえずごめん！　細かいことは気にしないほうがいいよねぇ、クマ衛門？」

「がう（そうでござる）」

「何それ!?　わかってないの私だけなの！」

あえて語らず、この話はそっと俺の胸の中にしまっておくことにするのだった。

5

自分の家で、俺は物思いにふけっていた。

リビングにはカワズさんとマガリがいて、それぞれ研究したり勉強したりとがんばっている。

そんな二人を見ていてふと思った。

マガリの件が一段落して、俺は少々気が抜けているのではないだろうか？　と。

では、やるべきことは何だろうか。できることはないっぽい。あとは、彼の自由意志に任せるほかないんじゃないだろうか？

だが、俺はそこではっとした。

「マガリのことにしても、カニカマ君のことにしても、俺の目標じゃないんだよな」

もっと単純に、自分がやりたいことを考えるべきだと気づいた。俺が楽しめて、それでいて誰かのためになるようなこと。

そんなことはないだろうかと考えてみたが、これがなかなか難しい。

カニカマ君にも、人のためになることをしろと言われたばかりだが、そう簡単にはいかない。

「しかし何をするか……。それが問題だ」

「何、一人で呟いてるのさ？」

「そうじゃぞ、ぶつぶつと」

「うお！」

二人に顔を覗き込まれて俺は仰け反る。いつの間にかマガリとカワズさんが集まってきていた。

「ええっと……、ちょっと考え事をしていたんですけれども」

「じゃあ話せ。今すぐに」

「そうだよ。口に出して」

「えぇー」

向かいに並んで座り、ガッツリと聞く姿勢を整えた二人。それはまるで三者面談のようだった。

「いや、そんなたいしたこと考えてるわけじゃないよ？」

「そういうときが一番怖いからのう。お前が考える、たいしたことないこと、ってもう本当に何が起こるか予想つかんし」

「まったくだよ。気になって仕方ないから、何をするつもりか、きちんと言ってほしい」

どうやらカワズさんとマガリには、俺の行動が危険か否か判断しなくてはならないという使命感があるらしい。

「信用ないなぁ。……まぁいいか。まだ全然、形にもなってない話なんだけどさ」

そう前置きして、俺は言った。

「つまり何か大きなことをやりたいんだよ。パソコンに続く、俺にしかできないようなことをさ」

だが、マガリとカワズさんは顔を見合わせて不審な表情をする。

「なんでまた？　もう十分じゃない？」

「そうじゃよ。今のままでも十分忙しいじゃろ？」

口々に俺のやる気を削ごうとする二人に、俺は物申した。

「いや！　十分ってその表現がすでにマンネリだよ！　十分なわけないだろ？　パソコンは一日のノルマをこなすだけ！　セーラー戦士は元の世界に帰る方法を見つけて、カニカマ君は勇者街道まい進中！　なんかこう俺も、もっとできるはずなんだよ！」

と、まぁそういうわけだった。

勇者と呼ばれる異世界人たちが、目標に向かってがんばっている。そして、そのうちの一人は、不可能だと思われた目標を達成した。

これは、俺も負けていられないんじゃないかと、だらけていく生活を振り返って思ったわけだ。

「まーた、めんどくさいことを言い出したぞ？」

「……今セーラー戦士って言った」

カワズさんは唸り、マガリは、まったく違うところで不満そうにしている。

「えーっと、それでまぁ、さっきまでモヤモヤしてたわけなんですけれども」

俺はそう締めくくる。

カワズさんはとりあえず髭をなでつつ、俺の悩みに乗ってくれるつもりではあるようだ。

「しかしなぁ。そもそもなんで大掛かりにやりたいんじゃ？」

カワズさんが根本的なところを突(つつ)いてきたが、そこにたいした意味はない。

「いやねー。規模に関してはひとまず置いといてさ、人様の役に立つ力の使い方はないものかと思ってね」

だが、マガリは俺の顔を見て考え込み、肩を叩いた。

「太郎の場合は何も考えないほうがいいんじゃない？　役に立っているよ十分。……結果として役に立ったみたいなことが多いけど」

「そこ！　そこだよね！　メインで役に立つことをやっておきたい！」

結構、致命的なところをえぐってくる。

だが、俺だってちゃんと考え、綿密に計画すればより大きな成果を残せるはず！　それが今回大掛かりにやりたい理由なのかもしれない。

カワズさんが、ならば、と俺に質問をしてきた。

「そもそも何か目的がないことには始まるまい。気にかかっていることはないか？」

「気にかかっていることか……。魔獣についてはぼんやりと気になってる」

俺はそう真面目に答える。

最近よく、魔獣の被害について考えていたのだ。

魔獣について聞いたり推測したりはしたことがあるものの、遭遇したことはあまりない。しかし実際に目の当たりにした被害はかなり生々しかった。

カワズさんはそれを聞いて、難しい顔する。

「ほほう……、それはまた難題じゃのう」

「ああ、やっぱそうなんだ」

「うむ。まぁ世界中が頭を痛めておろうよ」

「だよね！」

今まで俺たちもいろんなところを回ってきたが、それぞれの種族で魔獣への対策がなされていた。

一番高度なのは魔族だろう。魔獣に恐怖を植えつけて手懐けたり、人間を優先的に狙うように誘導したりまでしている。

対して、苦戦しているのは人間だ。魔族の魔法のあおりもあるが、一手に魔獣を引き受ける形になっていた。

「俺ができることの幅はたぶんとても広い。一番手っ取り早いのは、魔獣と呼ばれている獣のすべてを最後の一匹まで駆除すること」

真顔で出した俺の案は、カワズさんとマガリといえども、大いにぎょっとさせるものだった。

「いや、さすがにそこまではせんでも……、いいんじゃないかのぅ。っていうか、絶対やるなよ？」

「わ、私もそこまでする必要はないかなっと思うんだけど。え？　なに？　そもそもできるの？」

「俺も、やりすぎだと思う」

それはまぁ真っ先に思いつくけど、一番最初に外した意見だ。

「でも……、難しいよなぁ。人間も妖精も魔族も魔獣もみんなお得な感じにできたら最高なんだけど。何とかならんもんかなぁ」

そして一番押さえておきたいポイントを口にした。しかし、マガリもカワズさんも何かに驚いたようにぽかんと黙り込んでいた。

マガリは、言葉がまとまらないまま口を開く。

「……あー」

「どうしたのさ？」

「いや、なんでもない。そっか。うん。でもね、私は太郎が思うようにすればいいと思うよ」

そしてさっきまでの信用のなさが嘘のようなことを言い始めた。

続いてカワズさんが適当に手を振って言う。

「まぁそうじゃな。じゃあその企画とやらはお前の魔法使いとしての取り組みってことでええんじゃないかのぅ。わしは基本手を出さんことにするわい」

「ええええ……」

バタンと扉を閉め、どこかに行くカワズさん。なぜかキメ顔だった。

残ったマガリが俺に尋ねてくる。

「それで？　何か取っかかりになるようなアイディアはあるの？」

「それがねぇ……。スケールは小さくして、安全地帯を作るくらいが現実的かなぁ」

「安全地帯って、魔獣の危険がない場所ってこと？」

「そう。魔獣が大量発生しても寄って来られない土地。逃げ場がなくなった人が安心して暮らせる場所……」

根本的な原因を取り除けないというのなら、避難場所を作る。

実にわかりやすい発想だと思う。

問題はどんな魔法を使って、それを作るかなのだが……。

そこまで考えて、ひらめきがあった。

それは結構突飛な考えで、実現するには相当の手間をかけなければならない。そうではあるが、不可能ではなさそうだ。

「えー……。そっか。なら……、アレやってみるかな？」

ポツリと呟く。

するとマガリが強めに指摘してきた。

「アレとかじゃなくて！　太郎はちゃんと説明したほうがいいと思う！」

「……そうかな？」

思わぬ指摘に驚いていると、マガリはズズイと近寄ってきた。

「うん。それに私は、もう手伝う気満々だから、教えてくれないと困る」

「えぇ……、そうなの？」

だが、マガリが言い出したことは、なんともありえない発言だった。

せっかく元の世界に戻ったんだ。俺としては、向こうの世界を優先してもらいたいわけなのに。

「そりゃまずい。向こうだって忙しいでしょうに？」

マガリだってわかっているだろうという説得をかねての言葉だったが、マガリ的にはそんなことを引っくるめての決意のようだった。

「でも、私はどっちもものにするつもりだよ。異世界の生活も、地球での生活も」

力強く頷く彼女に、ためらいはない。

台詞的にはものすごい無理そうな感じだが、マガリが言うとできそうな気がするから不思議だった。

「本気？」

「本気。こんなこと言ったら他の人はわがままだって言うかもしれないけど、わがままって結構大事なものが隠れてる気がするんだよね。だって、どうでもいいことにわがままなんて言わないだろう？　ただでさえ、生きていたら何が起こるかわからないんだから」

なんとも実感がこもった台詞である。

そんなマガリの考え方は、俺も大いに共感できた。

「異世界に迷い込んだり？」

「そう、魔法使いに出会ったり」

なるほど、確かにマガリの言う通りかもしれない。

俺は妙に納得して、挑戦する気が湧いてきた。

「ふむ……、それは熟慮に値する意見だわ。参考にする」

世界は何が起こるかわからない。

マガリがやりたいと言うのなら、止める理由もない。それに手伝ってくれると言うのなら、俺だってマガリのことを手伝ってもかまうまい。

うまい具合に調整すれば、不可能なことなどない。

「わかったなら、ハイどうぞ？」

促すマガリに苦笑し、俺は咳払いを一つして。

「えーおっっほん。では俺はこれから――」

では、俺もマガリを見習って、積極的にわがままを口にしてみることにした。

「ダンジョンを造ってやろうと思います！」

そう言ったとたん、点になるマガリの目は、結構一目でわかるくらい明らかだった。

「……え？」

口に出してもわかってない感じ？　らしい。

「あれ!?　思ってた反応となんか違う!?　わかるかな？　ダンジョン！　あのたくさんモンスターとかいて地下にドンドン潜っていくあの！」

「ホ、ホントにそれで魔獣の問題が解決するの？」

「大丈夫だとも！　結構、真剣に考えた妙案だとも！　みんながみんなウィンウィンだよ!?」

「君はわざわざ胡散臭いふうに言うよね……」

まぁ、何はともあれ、やってみることは悪くない。

俺はマガリに感謝して、ひとまず計画を詰めていくことにした。

「勇者様。どうか私たちに力をお貸しください」

そんな台詞から、僕の旅は始まった。

伝説の武具を身に着けて、優秀な二人の仲間と一緒に魔王を倒す旅に出る。

すべきことは、すでに決まっていた。

魔王の住む島に入るために、島の結界を解くアイテムを集めるのだ。

神聖ヴァナリアには一つだけアイテムが保存されていた。しかし、他の二つはすでに失われてしまったのだという。

三つのアイテムの名前は――。

女神のオーブ。

虹のかけら。

月影の瞳。

魔王の住む島は丸ごと結界で覆われており、三つの秘宝がそろって初めて、入ることができる。

「結界を突破するために必要なアイテムは、あと一つ……」

旅の果てに僕たちは女神のオーブと虹のかけらを手に入れることができた。

二つがそろった今となっては、旅はもう終盤だ。ただし最後の一つの在処はわからない。

なのに、僕はそんな状況にほっとしていた。

魔王とは、悪の化身であり、勇者が倒すべき目標。そして僕は、異世界から召喚された勇者。

勇者だから人類を脅かす魔王を討伐しなければならない。

とてもわかりやすい話だ。

その使命こそ、僕にとってのすべてだと思っていた。

だが、想像を超える数々の強者たちを目の当たりにし、非力な自分を見せつけられ、それも揺らいでしまった。

中でも強烈だったのが、魔王である。当たり前のことだが、魔王はこの世界でも指折りの実力者。

そんなことはわかっていたし、それを承知で挑むつもりでいた。

だが、気がついてしまったのだ。

勇者が勝利して、魔王が敗北するとは決まっていない。

そもそも勇者なんてただの名前なのだ。

それなのに悲しいかな、僕の旅の終着点には魔王が君臨している。

そして、おそらく最後には、僕の死が待っている。

「……」

それを回避するには強くなるしかないが、あの非常識なレベルにはたどり着けるはずもない。

でも、それでも――。

僕の最初の決意は嘘じゃないと証明したい。それがささやかな願い。

いや、意地だった。

「勇者様……。大丈夫ですか？」

僕の顔を心配そうに覗き込む白い少女が、手を差し伸べてくる。

「うん。大丈夫。さぁ行こうか！」

だから僕は、彼女の手を力強く握り返す。

それは、いつもと変わらない。

「旅はまだまだ続きそうだにゃあ」

「そうだね。まだまだこれからさ」

仲間の言葉に応えて、もちろん僕は力強く頷く。

僕には考える時間もまだ残っている。

もっと考えなければならない。

「あの魔法使いは答えを教えてくれないもんな……」

僕はぼやく。

とはいえ、彼が出した答えと僕の答えはたぶん一致しないだろう。

異世界にやってきた同郷の先輩は根本的に違う。絆を結んだ相手も、考え方も、目指すところも。

同じ異世界人だとは思えない。

彼の話が常にハッピーエンドになっていたとしても、僕の話はそうならない。おそらく僕の話はバッドエンドになるだろう。

僕には彼のようにすべてをハッピーエンドにする力はないのだから。

最初に言っておく。

僕の物語は――。
勇者が、敗北する物語だ。

◉定価:本体1200円+税　◉ISBN:978-4-434-22697-7　◉Illustration:chibi

くずもち
2012年よりWeb上で「八百万ってたくさんって意味らしい」の連載を始める。一躍人気作となりアルファポリス「第5回ファンタジー小説大賞」特別賞を受賞。2013年2月、改稿・改題を経て「俺と蛙さんの異世界放浪記」で出版デビュー。

イラスト：笠
http://hitorisanka.web.fc2.com/

本書は、「小説家になろう」（http://syosetu.com/）に掲載されていたものを、改稿・改題のうえ書籍化したものです。

新・俺と蛙さんの異世界放浪記

くずもち

2016年11月30日初版発行

編集－芦田尚・宮坂剛・太田鉄平
編集長－塙綾子
発行者－梶本雄介
発行所－株式会社アルファポリス
〒150-6005東京都渋谷区恵比寿4-20-3恵比寿ガーデンプレイスタワー5F
TEL 03-6277-1601（営業） 03-6277-1602（編集）
URL http://www.alphapolis.co.jp/
発売元－株式会社星雲社
〒112-0005東京都文京区水道1-3-30
TEL 03-3868-3275
装丁・本文イラスト－笠
装丁デザイン－ansyyqdesign
印刷－中央精版印刷株式会社

価格はカバーに表示されてあります。
落丁乱丁の場合はアルファポリスまでご連絡ください。
送料は小社負担でお取り替えします。

ISBN978-4-434-22699-1 C0093